李现科◎著

流年心语

Liunian Xinyu

花山文艺出版社
河北·石家庄

图书在版编目（CIP）数据

流年心语 / 李现科著. — 石家庄：花山文艺出版
社，2022.1（2023.8 重印）
　　ISBN 978-7-5511-6050-6

　　Ⅰ．①流… Ⅱ．①李… Ⅲ．①随笔－作品集－中国－
当代②诗集－中国－当代 Ⅳ．①I217.2

　　中国版本图书馆CIP数据核字(2022)第004225号

书　　名：**流年心语**
　　　　　Liunian Xinyu
著　　者：李现科

责任编辑：卢水淹
责任校对：李　伟
封面设计：陈　淼
美术编辑：胡彤亮
出版发行：花山文艺出版社（邮政编码：050061）
　　　　　（河北省石家庄市友谊北大街330号）
销售热线：0311-88643221
传　　真：0311-88643234
印　　刷：北京一鑫印务有限责任公司
经　　销：新华书店
开　　本：700毫米×1000毫米　1/16
印　　张：10.75
字　　数：130千字
版　　次：2022年1月第1版
　　　　　2023年8月第2次印刷
书　　号：ISBN 978-7-5511-6050-6
定　　价：52.00元

目　录

CONTENTS

感　悟　篇

节 气 篇

节 日 篇

旅　游　篇

抒　怀　篇

感 悟 篇

告别 2019 迎接 2020

时光荏苒，岁月悠悠。转眼间 2019 年即将过去，2020 年马上到来。

回顾 2019 年，感慨万千，心潮澎湃。为祖国日新月异的变化而自豪，为自己所在单位取得的业绩而欣慰。一年来，有过无奈有过苦涩，也有过快乐有过幸福。一年来，先后游历了宁夏、内蒙古、黑龙江、吉林、辽宁、云南、贵州、湖北、江苏和上海的一些地方。放眼神州大地，处处都有新变化新气象，彰显出不同凡响的中国风采和中国力量。一年来，经历了有冷有暖的岁月，使我更加感知生命的厚重，更加感觉到能够自由健康快乐地活着真好！一年来，经历了分别，更加珍惜生活；经历了失意，变得更加坚强；经历了误解，体会到了理解和包容是多么重要。

2019 年有无悔也有后悔，但无论如何过去的不会再回来。但愿今后再不要为做错的事而捶胸顿足，更不要为说后悔的话和做后悔的事而"埋单"。2019 年，感谢爱我的朋友给了我太多的帮助和支持，与我一路同行！我在新年到来之际深情地说一声：谢谢啦！我一定会在红尘深处与你后会有期。

2020 年，对国家来说是具有里程碑意义的一年，将全面建成小康社会实现第一个一百年奋斗目标。对我个人而言也是非常重要非常难忘的一年，这一年尽管还不到 60 岁，但依照惯例也要离开工作 39 年的职场。

　　新的一年，但愿多一些无悔少一些后悔！我坚信有耕耘总会有收获，有付出总会有所得。让自己的心灵更加沉淀，充分享受一下命运的静美。新的一年，争取做到洗尽铅华，不负流年，与喜欢的人一起看细水长流，只闻花香，不言悲欢；与亲爱的朋友一起沐浴阳光，享受人生。青春不老，我们不散。新的一年，祝爱我的和我爱的朋友们心想事成，梦想成真，健健康康，平平安安！只争朝夕，不负韶华。

　　　　人生不在初相逢，
　　　　洗尽铅华也从容。
　　　　年少都有凌云志，
　　　　平凡一生也英雄。

　　岁暮清新，挥挥手轻轻地与 2019 说一声再见！辞旧迎新，招招手轻轻地与 2020 说一声我来了！

　　　　　　　　　　　写于 2019 年 12 月 31 日深夜

渐去的春天

　　今年的春天过去了。古往今来，关于赞美春天的诗句不胜枚举，关于赞誉春天故事的描写比比皆是。

　　回忆今年的春天之所以不同，是因为在立春后的第 10 天大雪纷飞，实属罕见，在春雨贵如油的日子里骤雨倾注亦不多见！这不正是人生的写照吗？人人都向往美好的生活，人人都愿意度过美好的一生。大到报效祖国做好本职工作，小到孝敬父母善待亲朋。可是在现实生活和工作中，你一旦被卑鄙小人算计，那就是你人生中的"大雪"和"大雨"。天下大雪你可以穿厚点儿，下大雨你可以撑把伞。但在人生中遇到的"大雪"和"大雨"你可能是防不胜防，猝不及防，因为你根本不知何时中的枪！为此有可能会影响你一生对美好生活的追求！

　　我想告诉朋友的是，春天是美好的也是短暂的，有春暖花开也有疾风骤雨。人生是美好的也是短暂的，有春风得意也有坎坷和挫折。但是只要你不自暴自弃，相信雪雨过后仍是朗朗乾坤，只要你堂堂正正地做人，光明磊落地做事，过好今天把握当下，你便精彩了生命的每一天，照样可以回忆春天的美好！书写春天的故事！

2019 年 5 月 6 日上午

今年邢台的第一场雪

今天晨起，隔窗而望，房上、车上、地上白雪覆盖，尽管不厚，但感到非常亲切！顿觉空气清新，心情倍爽。不由得想起童年时代的这个季节里经常会看到大雪纷飞的情景，嘴里说着瑞雪兆丰年，手里堆着雪人打着雪仗很是惬意！

可能那个时候，大气环境没有受到伤害！春有花夏有雨秋有风冬有雪，四季分明。蓝天白云，绿水青山，常有常在。20 世纪 80 年代以来，矿藏乱开乱采，植被肆意破坏，尤其是近年来气候变暖，雾霾盛行，如能看到一场瑞雪，见到一片蓝天已经是一件很奢侈的事情啦！环境不好，心情会好吗？

看着今年的第一场雪，我想说，面对大气污染的环境你可能回天无力，但一定要洁身自好，把自己应该做的事做好，同时要有一个好心情，努力去除心里的"雾霾"，再想想时间匆匆，它不会为谁而倒流，你若改变不了环境就要学会适应环境，学会放飞心情但不要失去自我。相信幸福，就会遇见幸福。而要心情好切记不要与不懂你的人一般见识，因为只有懂你的人，才会真的爱你，真的尊重你，就像俞伯牙和锺子期"一阕弦音识知己，高山流水传佳话"。

望望窗外的雪片不大，仍纷纷扬扬地飘着。看看光秃的树木迎着雪花，面对尘世的风霜，期待着来年的枝繁叶茂，因为它相信：冬天到了春天还会远吗？

最后把刚看过的电视剧里的一段话送给朋友们：从明天起，做一个幸福的人，喂马、劈柴、周游世界，愿你有一个灿烂的前程，愿你有情人终成眷属，我只愿面朝大海，春暖花开……

2017 年 12 月 14 日

年 下 到 了

糖瓜祭灶，年下来到，闺女要花，小子要炮。

儿时的顺口溜，至今记忆犹新。今天是腊月廿三，又称"小年"。

说是这一天灶王爷要上天汇报一年的所见所闻，于是人们买来糖瓜祭拜灶王好让其"上天言好事，回宫降吉祥"。此时人们开始打扫房子，置办年货，拉开了过年的序幕。尽管是一个传说，但也寄托了人们对美好生活的向往和对过年的企盼！

回忆过去，尽管家境不是很好，但能在父母身边过年，感觉是那样无忧无虑，充满欢乐和幸福。即使后来到外地上学、参加工作、娶妻生子，也是一到年下就回老家陪父母过年。那个时候老家要比城里冷很多，但是心是热的，情是浓的，父母是高兴的，感觉是温暖的……

今天小年离除夕只有 7 天的光景，但我不用考虑回老家过年了。因为父母都已离我而去，游子的感觉，惆怅的滋味涌起。我想告诉大家的是，时间如白驹过隙，四季轮回不会停留，父母老、父母去是自然规律。哪一天父母离你而去以后，哪里还是你那个魂牵梦萦的老家呢？是不是趁父母健在时及时行孝呢？年下到了，是不是带上你的故事，带上你的喜悦，带上你的祝福，带上你的爱人孩子回家陪父母说说话，干干家务呢？

有钱没钱回家过年，道出了多少游子回家的迫切心情！为了回家过年，他们不惜乘坐各种交通工具，冒严寒跋山涉水，顶风雪披星戴月回家过年。也许本人太传统，也许是有代沟，也许是跟不上新时代的步伐，对一些父母健在的人们，年下到了却要背井离乡地到南方、去国外过年心存不解！

2019 年 1 月 28 日

朋友还是少些误会的好

常言道，人生得一知己足矣。充分说明人这一辈子知己难得、知音难觅的道理。

人与人之间一生能真正称为朋友的没有几个。在现实当中，本来十分要好的几个朋友，好着好着某天突然闹翻了。说得高雅点儿可能是三观不同发生了变化。其实更多的是因为名和利，因为一句话和一件事彼此产生了误会所致。当然也有因为时间久不联系，以及距离远从未谋面而疏远的！

成语"管鲍分金"，讲的是春秋时两个著名人物管仲和鲍叔牙之间的深厚友谊；"高山流水"说的是楚国的俞伯牙和锺子期之间遇知音的故事。传颂千古，万代称道。但在几千年当中确是凤毛麟角！

我今天讲的是刘震云《一句顶一万句》小说里的一个故事，说的是，牛书道和冯世伦是对好朋友，两人好了半辈子。有一年他俩结伴去长治拉煤。那一晚，离家还有五十里，牛书道拉煤的车车轴断了，只好露宿荒郊。冯世伦饿了，问牛书道有没有干粮。牛书道翻了翻粮袋说，没了。谁知半夜冯世伦起来撒尿时，发现牛书道躲在煤车后偷偷啃馒头。于是他当夜拉起自己的煤车就走了。冯世伦想：你的车轴断了，我陪你挨饿挨冻，你却连个馒头也不愿意分享！牛书道想：翻粮袋时的确已空，可谁知扯被子时滚出来一个馒头，我怕你误会才偷偷吃了。况且因为一个馒头把好朋友扔在荒山野岭，太无情了，两人从此就断交了。在现实生活中，多年的好朋友突然间就情伤义断，不相往来。好多都是种种误会所致！诸如：谁对谁说你坏话啦！谁又打你的小报告啦！他又瞒着你做什么啦……凡此种种，说话者无心，传话者有意。说者口不择言直言不讳根本没想妨碍谁，听者有意不辨真假硬要对号入座。结果弄得多年的朋友，轻则不相往来，重则反目成仇！

其实，所谓朋友，说透了就是我怎样待你，你得怎样待我。彼此心中都有秤！结果一称，你给我八两我给你一斤，这样的朋友肯定能交往下去；如果经常我用七分心对你，你却待我三分心、这样的朋友一般交不下去了。

日常生活中，也有朋友向别人抱怨，说与谁谁是交往这么多年的朋友了，从来没见过他做过东，也没见他喝多过！可话又说回来，物以类聚，人以群分，既然是朋友就谅解他吧，他可能有他的难处！

人生岂能如初见，世事本来多变迁。我认为无论是同乡同学同事，还是战友牌友社友，既然成为朋友就要以诚相待，互相信任，将心比心，以心换心。一定要好好珍惜！当然更需要双方的努力和坚持，谅解和宽容。其实，如果是真朋友，即使有了隔阂有了误会也不可怕，可怕的是谁都不去说开！我认为朋友之间，还是多一些包容少一些计较，多一些理解少一些误会的好！因为不管是误会的一方，还是被误会的另一方，误会解开后留下的都是后悔！况且有的东西失去了将不会回来了！何苦呢？

2020 年 5 月 7 日

请听我把话说完

写这个话题是因为前一段时间看了微信上的一个小故事。说的是，一位年轻的母亲让刚几岁的儿子在两个苹果中选一个吃，结果小孩把两个苹果分别吃了一口。母亲马上不悦，心想这个孩子咋这么不懂事呢！正要斥责，小孩却说："妈，您吃这个吧，这个比那个甜。"原来如此，假如这位母亲不等孩子把话说完就对其斥责，结果可想而知。

请听我把话说完，这应该是一个人基本的要求和权利，听似平常，看似简单，但在实际工作中、生活中，无论是同事之间、上下级之间、朋友之间，还是夫妻之间、父子之间能做好这一点都是一件不容易的事情。有的正是没有很好地做到这一点，所以就出现一些不和谐的情形，甚至产生截然不同的结果。

其实笔者在年轻时，就有个坏习惯——打断他人说话且说道："说结果吧，别说过程了。"若理解了是想让对方节省点儿时间，若误解就是对人的不尊敬，有时弄得对方非常尴尬！

繁繁世界，芸芸众生，在社会交往中、在工作交流中，有的人善于表达，有的人善于思考。无论他（她）言简意赅还是絮叨啰唆，都得让人家把话说完，这是对人起码的尊重。诚然如遇到知音知己，就会有说不完的话道不尽的情。亦有与话不投机者达不到彼此的默契或相互的欣赏，老有对牛弹琴之感的窘境。

其实你不等我把话说完，对浮躁和急于求成的你我都是一种讥讽！所以说，有一种聆听需要忘我，等待别人把话说完是一种能力，一种修养，有时还会收到意想不到的效果。

我说你听完，这是爱和尊重；你说我听完，这是尊重和爱。相传锺子期是一樵夫，俞伯牙在汉江边鼓琴，锺子期感叹说："巍巍乎若高山，荡荡乎若流水。"两人于是成了至交。锺子期死后，俞伯牙终身不再鼓琴。这样的知音千古难觅！这也是聆听的结果。当然这样的事我们碰上的可能性不大，但其内涵我们亦可感悟一二。我们是平凡的人，做着平凡的事，聆听着平凡的话，有一颗平凡的心有什么不好吗？

所以说，听别人说话，请听他把话说完。这也许是在度你到彼岸，一回头已是郁郁葱葱，繁花似锦……

2017 年 5 月 9 日

善待你所在的单位

我们在社会交往中，经常会看到有的人春风得意，顺水顺风，走到哪里都受到尊重，甚至会前呼后拥。我不排除也许他德高望重，也许他颜值无穷。但更主要的可能是他所在单位在社会上的地位及他在单位的分量！换言之，更多人是尊重他的位置和权力。一旦他不在这个单位了，不在这个位置了，他的处境可想而知！也许他因个人的魅力照样呼风唤雨，也许仅有几个朋友不会因他失去单位没有了权力而冷落他。

所以说，聪明之人清醒地明白哪些是自己的能力，哪些是单位是平台带来的福利。为此我想对在单位不担任职务的朋友说，一定要善待你所在的单位，干好本职工作，见贤思齐，敢于担当。不要斤斤计较，多干一点儿就牢骚满腹，少得一点儿就怨气冲天，好像领导对不起你，单位都对不住你！其实群众的眼睛是雪亮的，多数领导是清楚的，你一旦离开你供职的单位，对用你的人而言，就是一个模糊的路人而已；我想对在单位担任一定职务的朋友说，要善待你所在的单位，要珍惜你手中的权力，权力就意味着责任：上要对得起领导对你的信任，下对得起同志们对你的期望。

2016 年 9 月 4 日

说 说 理 解

前几天，在朋友圈看到一首诗《理解》，写得不错，深有感悟！所以今天我也说说"理解"。

"理解"在词典上的释义就是"懂""了解""明白"的意思。可以说所有人对这个词都不陌生，因为你天天可能遇上不理解的人和事，因为人人都希望被理解。客观地说，理解是相互的，他不理解你，你理解他了吗？要想别人理解你，你得首先理解别人。

凡是做过父母的都知道，小孩子在未学会说话之前，最多的表达方式就是哭！他一哭！你要理解他是渴了？饿了？冷了？发烧了？……上学了，老师讲的课程我们需要理解，只有理解了，才会把作业做对，才能在考试中得高分；上班了，领导安排的工作我们要理解，因为只有理解了，才能把交办的工作干好；结婚了，夫妻间需要理解，因为只有互相理解，才能同声相应同心相知。所以同学之间、同事之间、亲朋好友之间、领导与领导之间、上级与下级之间都需要理解，都渴望理解。但从现实情形来看，无论是社会上还是工作上、生活上，还是存在着那么多误解！为此，你纠结、你委屈、你难过、你不解！为此，因为不理解甚至误解，有可能导致大到一个地方小到一个部门的工作受到影响，导致多年的亲朋好友不相往来，同学同事间矛盾骤起意见重重。孔子曰："人不知而不愠，不亦君子乎？"可是在现实生活中又有几人能做到呢?

理解有三种情况:第一种情况就是两个人相互理解,第二种情况就是两个人互不理解,第三种情况就是一个理解一个不理解。不知道你遇到的人或你自己是哪种情况?

我今天想说的一个观点是:所有的误会、矛盾、过错都是理解、沟通、信任方面出了问题。所以无论遇到什么样的情形,你首先要理解别人,学会换位思考和设身处地;你要理解友情,学会包容和坦诚;你要理解亲情,学会感恩和感动。

什么是理解?理解是一种水平,一种素质,一种能力,一种境界,一句体贴温暖的话,一层薄薄的窗户纸。理解也可能就是忍忍让让!忍一忍可能就会春暖花开,让一让可能就会柳暗花明。

我想说的另一个观点是:横看成岭侧成峰,远近高低各不同。世上本无错,只是看问题角度不同,答案不同而已,没啥理不理解的!也就是说理解你的人不需要解释,不理解你的人不用解释。因为他没那个能力和水平,何必难为他呢?我还在原地等你,你却已经忘记曾经来过这里!所以真正懂你的人,绝不会因为那些有的、没有的而否定你。

朋友们!人与人相交,靠的是信任;人与人相知,靠的是理解。让我们学会理解,懂得理解吧!理解多了,抱怨就少了,矛盾就少了,伤害就少了。同时也要珍惜对你好的人,不要因为一些小误解而小心眼!你要知道弄丢了真的找不回来。

让我们都学的大气一些吧!大气是另一种忍让,但更是经历生活磨炼出来的浩然正气,终身受益。让大气相伴,让理解相随。

2018 年 2 月 28 日

说说朋友在于走动

　　想说这个话题，源于前几天看了一则微信。大意是：好朋友（包括亲戚同学同乡战友）不需要经常联系和走动，我不赞同这一观点！

　　本人的观点是：身体在于运动，朋友在于走动。

　　根据本人几十年的观察和体验，如果经常不联系，即使再好的关系都会没关系；包括有些亲戚本来是很亲很近的，因为住得远或是其他原因很少联系，假若有一天相见了，也就几句客套话而已根本没有亲近感。甚至因为没有联系过，只知道是亲戚，但是想都想不起叫啥了。亲戚况且如此别说朋友同学同乡战友了！

　　现实生活中，号称非常要好的朋友的手机号码换了很久、住处搬了新址、生病住院住了多日，甚至已去外地工作或生活了……你却全然不知！你能说你们是要好的朋友吗？我这里不是说你们的关系不近了，你们的感情疏远了。而是说这就是因为没有经常联系所致。这里所说的联系包括见面、打电话、发微信等。

　　本人非常赞成胡适先生说过的一句话：好的关系，都是麻烦出来的。当然他这里的麻烦也是指联系和走动。我曾观察到：有一种情况是不想联系，另一种情况是想联系总是忍着不联系。无论哪种情况，只要不去联系再好的关系都会变得没关系了。所以说，好朋友多联系才会有共同的话题，如果时间长不联系了，别说共同的话题没有了，恐怕连姓啥叫啥都会忘记的！

你不联系他，他不联系你。慢慢就会忘记对方，就会变成回忆，甚至连回忆都回忆不起来了。所以说，感情不联系，感情就会消失；朋友不联系，友情就会散去；亲戚不联系，亲情就会失去。

为什么在现实生活中，很多好朋友好同学的感情当初非常深厚，但是走着走着却淡了，非常亲密的关系走着走着却散了？就是因为你不联系，我不联系。随着时间淡化疏远，慢慢地就不想联系了。你不主动，我不主动，时间久了就真的不想主动了，甚至你主动多次却换不来对方主动一次，索性就别打扰那个从不主动联系你的人了。

为此，我建议有的人扪心自问，作为朋友每次都是别人主动联系你，你却不曾主动一次。就算你再忙难道一点儿时间一次机会都没有吗？

对此，我想说身体在于运动，朋友在于走动。

说说——说

　　说这个字在词典上有三个读音：①shuō；②shuì；③yuè。今天只说说（shuō）和它的第一个释义，即用话来表达意思。说话是人与人沟通的桥梁，所有的人几乎每天都要说话，与家人、与同学、与同事、与领导、与朋友，说家常话、说心里话、说实话、说假话、说谎话——有时还会遇到瞎说胡说乱说戏说之人。我在这里主要聊聊"说真话和说假"。

　　古人云：祸从口出，病从口入。又云：好言一句可解千年积怨，一语不慎能结一世深仇。《增广贤文》里也说：良言一句三冬暖，恶语伤人六月寒；逢人只说三分话，未可全抛一片心。凡此种种，都是告诉我们说话的重要性和说话的技巧。古往今来，多少人因说话不慎，而招致灾祸。轻则受排挤穿小鞋被罢官免职，重则丢掉工作遭受牢狱之灾。

　　我对说话有两个观点（不一定正确，权当给还在职场打拼的朋友们一个善意的提示）：第一个观点是"坚持说真话不说假话"。但说真话一定要分场合分人员而言，否则自己吃亏有时还会连累他人。当然我也赞同季羡林大师说的"要说真话不讲假话，假话全不讲，真话不全讲。就是不一定把所有的都说出来，但说出来的话一定是真话"的观点。如果说假话全不讲是做人的道德底线，那么真话不全说则是人生处世的智慧和技巧。

在现实生活中，如果一个人总是称赞你（尤其是你拥有一定的地位或权力），你的第一感觉肯定是想此人这样奉承你，一定有什么事想让你帮忙，或是觉得这个人太虚伪，或是逢场作戏。

我参加工作近四十年，与社会上的工农商学兵、政闲客民游都打过交道。各行各业的领导，在大会小会上都要求下级一定要说实话干实事，可是实际情况呢？想必大家都十分清楚！

第二个观点是"尽量坚持说真话，在不得不说点儿假话时一定不要伤害他人"。也就是说不要为了自己的利益去诋毁他人，甚至编造事实夸大其词，把自己的利益建立在损害他人的利益之上。

观察社会现象，几乎每个单位都有这样一小撮人，为了献媚某些领导，投其所好，善打小报告。对他人说的话断章取义，添油加醋，甚至无中生有。加上个别领导素质不高善于偏听偏信，听风就是雨。对听到的话和事，不做进一步的分析和了解，枉做结论。其结果大到对一个地方一个单位，小到对一个部门一个个人造成了不可估量的影响。

《三国演义》里有"诸葛亮舌战群儒，胜于百万雄师"的例子，也有吕布不听陈宫真言相告，却听信陈登的花言巧语而魂断白门楼的教训。这些事情都告诉我们说话的威力和说话技巧的重要性！真话不全说就是为了保存自身，但是真话还是要说的。只要掌握说的不要太过分！其中分寸的拿捏真的需要生活的历练！本人在这方面只有教训没有经验。说老实话，包括我在内，谁都愿意听悦耳顺心的好听话。无论是位至高官还是平头百姓！有的人沉稳内敛，无论你说什么他都能耐心倾听，认真分析加以甄别；有的人是个顺毛驴，只要顺着他说怎么都行；有的人小肚鸡肠，无论你说得对与错还是真与假他都疑神疑鬼。所以说你说话时一定要因人而异，因事而为。

逢人只说三分话，未可全抛一片心——听起来有些中庸，其实这里面大有学问。因为话少误事，言多有失。有的尽管说的是真话是实情，但也没必要说得太明显太尖刻，点到为止即可。常言说，响鼓不用重槌敲！因为在现实当中，尽管你苦口婆心、掏心掏肺地对他讲实情说实话，但他可能不但不领情，反而对你有意见甚至恶语相向。在这里忽然想起谭咏麟唱的一句歌词"宁愿一生都不说话，都不想讲假话欺骗你"，当然也许是你言不中理，你说的和他理解的根本不在一个频道上。

综观社会现象，那些有责任有担当、想干事能干事的人，困难重重举步维艰，而一些说空话说假话实际行动少的人，却升迁有道平步青云！

雁过留声，人过留名。我认为，即使做不到全说真话，不说假话，真干实事的君子；哪怕做一个真话少说，但不说假话，适当认怂保持沉默的凡人，也绝不做一个经常说假话，千夫所指的小人。

2019 年 12 月 22 日凌晨

说说同学聚会

一年一度的高考已尘埃落定，一年一度的暑假即将来临。至此本人想说说一个大家都知道的老话题——同学聚会。

我高中毕业 37 年了，中专毕业也 35 年了。我曾参加过高中同学的聚会、中专同学的聚会。目睹过同事及朋友们的小学同学聚会、初中同学聚会、大学同学聚会等。总的体会与白岩松所言的差不多，一个班级是否可以常聚会主要有三个因素：一来要看上学时期班级的气氛和友情的密切程度（包括任课老师及班主任的魅力和同学们的整体素质）；二来要有几个热心张罗的人（没有什么私心杂念甘于奉献），用他们的辛苦与热情点燃那些半推半就欲走还留的同学；三来还需要组织者拥有取之不尽、用之不竭的智慧，总能创造出一个又一个聚会的理由。其实除了这三要素外还有参会同学的心态心思、客观环境、费用支出等因素也能影响聚会的次数和质量。从心态心思上讲，如都能抱着平等相待、缘分永远的心态那当然是最好不过了。我们都知道最纯粹的感情莫过于同学情，最纯真的年代莫过于同学在一起的年代。但如果把同学聚会当作炫富炫官晒资本晒幸福的机会，甚至高高在上自命不凡，当年我们都一样，如今咱们有不同的心态心思的话就不太好了。本人认为如果不把同学聚会看成是感情再加深、友谊再巩固、缘分再珍惜的平台，而是当作再利用再投机的平台，那么同学聚会的目的就会大打折扣了。同学到一起永远是同学，是平等的，不分高低和贫贱，若能为其提供帮助，何乐而不为？但是受帮助的人要明白人家帮咱是情分不帮是本分，也不要抱怨说人家不够意思，人家有人家的难处。你若有这个施惠的能力也不要吝啬谁叫咱是同学呢？他向你张这个嘴也是鼓足了勇气的；再说聚会的费用支出问题，有的是富甲一方的同学慷慨解囊，有的是同学们实行 AA 制……本人认为无论何种形式，只要高兴自愿，遵纪守法都无所谓。同学聚会就是怀念同学时的那段精神感情，以诚相待，没有现实社会的人心隔肚皮的尔虞我诈，人间冷暖，世态炎凉；向往那时生活的纯真无邪，虽然学校食堂的饭菜没滋没味，但吃得踏实，虽然坐在饭店雅厅雅座大鱼大肉也是满腹怨情压力山大。本人理想中的聚会就是缘分就是信仰，每一次聚会都使得亲情成分进一步发酵，互相牵挂，拥有一个温暖的过去和谐的现在思念的未来。不管顺不顺好不好飨还有你！无论是官场风云，商海沉浮，令人难以忘怀的还是浓浓同学情！唯此才有了同学聚会的价值，不知你同意本人的观点吗？生命如诗，岁月如歌。最后让我们老同学不忘初心共同努力，营造良好氛围，铭记难忘的岁月，多聚会吧！

2016 年 7 月 5 日

说说无欲则刚

"无欲则刚"四个字，作为名言名句经常有人制成条幅，挂在办公室或书房的墙上。在社会交往中有些人还经常挂在嘴上。

无欲则刚最早出自《论语·公冶长》，其本义是指没有世俗的欲望，才能达到大义凛然的境界，没有欲望才会刚正不阿。佛经上也有无欲则刚这句话，这里的意思是说，一个人如果没有什么欲望的话，他就什么都不怕什么都不必怕了。

通俗讲，当人能克制私欲，不被自己想要得到的某种利益所诱惑时，就能心志坚强。这里的"刚"是指公道原则，是顺其自然的一种坚持。所以说，无欲是一种很高的境界。

大家知道，自清末政治家林则徐任两广总督时，把"海纳百川有容乃大，壁立千仞无欲则刚"题书为堂联后，无欲则刚四个字就更加响亮了。所说的"无欲"是指为人要正直，不应有任何私欲，要大公无私方能站得稳行得正，才能无私无畏；所说的"刚"是指大到规定条款，行为准则，小到个人的思想、行为。也就是说坚持公道原则就是刚。

我今天说说无欲则刚的两个用意：一来是说真正意义上的欲和刚，就是以上所述，而与日常生活中个别人理解所言：反正我也不想高升了也不图发财了，或者说我升也升不了发也发不了什么也不图了。所以对领导也不尊重了，与同事也不好好相处了，

对工作也不好好干了……反正谁说我也不服了，我也就无所谓了
的刚是不一样的。二来是想对朋友们说，虽然社会上还存在着假
恶丑的现象，但纯洁社会，净化风气是我们每个有良知者的责任。
人若无欲品自高，如果都能坚持无欲则刚的操守，无论在任何环
境中都不违背天理，而是始终如一。那么，我们就能在迷雾中辨
明方向，勇往直前，就能真正做到无欲则刚。

2016 年 7 月 14 日

说说怎么过好日子

　　一提这个话题，好多人可能觉得好笑。多年前从报纸上看过类似的一篇文章，具体意思记不清了。今天突然想起，愿意说给朋友们听听。

　　什么是好日子，好日子怎么过？很难界定。就跟问什么是幸福一样，一千个人有一千个答案。比如现在若问我什么是幸福，我的答案就是两腿能够正常行走。还是回过头再说好日子吧！有的人十年寒窗考上学了是好日子，有的找到工作了是好日子，衣食住行不愁了是好日子，可看到别人能够吃到山珍海味，穿名牌戴珠宝，自己却吃不到穿不到，就觉得自己的日子过得不好。乡下开始吃肉了，城里时兴吃野菜了；你穿着整齐了，却流行衣不遮体了；你觉得自己是个白领，工作不累工资不菲，可身旁好多千万富翁。

　　好日子弹性太大，诱惑大多。而个人的选择却比穷日子还少，穷日子难过的是肚子，好日子难过的是心情。心情好不起来吃什么都没胃口，看什么都不顺眼。原来好日子不仅仅来源于物质，更取决于精神。而这种好日子从哪里来？从修养中来，从不虚荣不贪婪中来，从不算计不操控人中来。

　　其实好日子就在自己手中。

　　　　　　　　　　　　　　　　　　2017 年 7 月 8 日

说说中庸之道

  《中庸》作为四书之一，是儒家思想的重要组成部分，研究《中庸》博大精深的内涵，只是简单地就平常大家经常挂在嘴边的中庸之道，说点儿观点。词典上对中庸的解释就是不偏不倚。有的人认为中庸之道就是老好人，走中间路线，中不溜秋。其实中庸之道的主题思想是教育人们自觉地进行自我修养，自我监督，自我完善达到至善至仁至诚合外内之道的理想人物。中庸亦有中正平和的意思。关于中庸我听过北京师范大学于丹教授和中国人民大学毛佩琦教授的讲解，我更倾向毛教授的说法，中庸讲的其实是原则是规矩，按原则办事就是中庸之道。没主见太圆滑不叫中庸，过犹不及也不是中庸。总之，坚持正确的原则办事才是中庸之道。当今社会若都能行中庸之道，按中庸办事保持中正平和，社会环境该是多么美好！

2016 年 7 月 6 日

铁打的营盘流水的兵　人走茶凉也正常

　　我自 1981 年 9 月在邢台工行参加工作至今已经 39 个年头了，亲身经历了分行（前些年叫邢台市支行、邢台中心支行，现在叫邢台分行）十任领导班子，且与历任主要领导都有直接的交流。

　　分行的办公大楼除隔三岔五地外粉内饰以外一直耸立在那里，但是在楼里上班的人无论是管理者还是普通员工换了一茬又一茬。这就是常说的"铁打的营盘流水的兵"。今天主要想说说人走茶凉这个话题，所谓人走一是指某人退下来了，二是指某人换了新的工作岗位。

　　人走茶凉很正常，哪有座位上换了人还不换茶杯的呢？这在现实生活中很正常，也是人人都要面对的一个问题，可是确实有一些人就是想不开看不透，非常痛恨这些人情世故。其实人生因缘就是一路相逢一路告别！身边的圈子就那么大，人的精力就那么多，除却有几个知己，其余的那些，过去就过去了。凡是对你恭维的人都与你的权力、地位和作用力有关，这与你的人品、能力等基本无关。所以说，纵使人走茶凉你也要宽容也要勇于接受。

　　人既走茶凉也罢，因为离开意味着重新开始，对你来讲是一个新环境的降临，一段新情感的开始。但愿你不覆辙就算烧高香了！那些从一个地方换到另一个地方去工作且发誓永远不再回来这个地方的人世上太少有了。

　　过去的不能挽回，因为覆水难收。后悔也无济于事，世上卖啥药的都有，就是没有后悔药可买！所以我想说，我们无须耿耿于怀，学会包容和理解。过去的好与坏，对与错，都会随着你的离开而变得越来越淡越来越远，渐渐地会被忘却。

　　秋至叶必落，曲终人定散。这是客观规律！无须感叹，无须遗憾更不要与自己过不去，你我所经历的每一个岗位接触的每一个人也许都将成为驿站和过客。所以别太在意人走茶凉，物是人非，因为你在意也罢，不在意也然！千万不要再说还不如、要不是——真正能做到顺其自然，岁月静好的人不多。

　　想一想世事难料，思一思生活艰辛，谁都不容易。我们一定要学会宽容每个和我们不期而遇的人，同时也要放下每一个与我们分道扬镳的客。山高水长，各自安好。人走茶凉，物是人非。人走了就是走了，不是所有的回头都有人在原地等你。

　　茶凉了加再多的热水味道回不来了，人走了再多的相遇感觉回不来了，心凉了再高的温度真心回不来了。人走茶凉也许是风吹叶落未离根，人走茶凉味更长；红尘来去也许是烟花怒放心中存，红尘来去情更浓！

　　大量的事实证明，落寞时能够陪你的才是心疼你的人，离开后依然想你的才是真爱你的人。我深深体会到，有的人并没有人走茶凉的感觉，他告诉我只是觉得换了个工作岗位而已。只有那些群众不拥护，在位时碍于面子大家不好意思说的人，一旦离开大家才敢真实地表白表白，他才会有人走茶凉之感。从这个角度说，凉与不凉，与自身的人格有关！与过河拆桥、忘恩负义不能画等号。

　　公道自在人心，老百姓心中有杆秤。人缘的好坏，取决于你对他人对单位的贡献和付出程度。不用说像焦裕禄、孔繁森等人两袖清风、一心为公，处处为人民的利益而所作所为的时代楷模，即使是平常的管理者和一般人，只要你敬业、正派、勤奋，为单位为他人做了好事善事益事，同样会赢得大家的爱戴，你同样也不会有人走茶凉的感觉。

如何对待人走茶凉？你的境界不同其结果也大不相同，它可能是一种清醒，是一种智慧，是一种胸怀，是一种品德。

最后用一首流行的打油诗结束对这一话题的唠叨："人走自然茶就凉，不凉反而不正常。只要留着真情在，纵然成冰又何妨？"

2019 年 12 月 10 日

我的假期生活

春节放假期间，本打算组织几场亲朋好友的酒会，然后与乡友结伴去北海待上几天。结果一场突如其来的疫情，不得不改变了行程安排。假期里做了两件事情：一件事情就是响应国家号召宅在家、少出门、不聚会、勤洗手、多通风、看新闻、关注疫情，祈祷武汉！福佑中华！另一事情可以概括为"3456"行动，即读了3本书，看了4部电视剧，喝了5瓶白酒，写了6000多字笔记。

（一）说读书。读了《增广贤文》《幼学琼林》，除对中国古代的典章制度、风俗礼仪有了较深的了解外，还对民间流传着"读了《增广》会说话，读了《幼学》走天下"的俗语有了进一步的了解。读了《习近平谈治国理政》，深深体会到了习近平同志作为我们党和国家的最高领导人不仅具有博大的胸怀，更具有高屋建瓴的战略思考和高瞻远瞩的英明决策。他为中华民族的伟大复兴指明了前进方向。

（二）说看电视剧。看《换了人间》，中国共产党从七届二中全会、国共和谈到渡江战役、抗美援朝所经历的"两个务必"、百万雄师过大江到雄赳赳气昂昂跨过鸭绿江。一幕幕波澜壮阔的历史画卷，可谓是"萧瑟秋风今又是，换了人间"。看《新世界》，进一步了解到中华人民共和国成立前夕在北平城22天里发生的时代洪流变迁。百姓也好，达官贵人也好，都在恐慌中为自己谋求出路；地头蛇金海如此，机关算尽的柳如丝如此……从大处看到了国民党的黑暗、腐败、残酷，看到了共产党的光明、无私、伟大。最终在解放军强大的攻势和多方努力下，北平百姓免遭生灵涂炭，北平建筑免遭战火摧毁，北平和平解放迎来了新世界。看《平凡的世界》，心潮澎湃，激动不已。该剧是把路遥先生历时6年呕心沥血创作的巨著搬上了银幕，虽然说的是黄土高原农村的人和事，但与我所在华北平原的农村没啥两样！因为我就生长在那个年代，电视剧表现出的人和事本人感同身受，有的事仿佛就发生在昨天。它以普通农村的平凡世界，折射出整个中国社会平凡的世界。该剧是作者一生喜怒哀乐的真实写照！平凡的世界，洗尽铅华，尘埃落定。看《父母爱情》，知家长里短。该剧最大的成功我认为就是如果你了解那个年代，确实让你看后大有身临其境的真实感觉。精雕细琢的对话句子，雅俗共赏堪称经典，让人回味无穷。往深的说，如果江德福对安杰的爱情始于颜值，忠于人品深陷于其中的话，那么安杰对江德福的感情则始于权利、忠于人品而陷进其中；从浅的说，古往今来，男婚女嫁大都讲究门当户对，而随着剧情深入，江为爱情可以放弃军籍回家种地，安可以为爱情放弃大城市舒适的生活。为此他们走到了一起，白头偕老。用现实颠覆了这一说法。

（三）说喝酒。十天喝了5瓶白酒且都是52度以上的酒。说心里话，学会喝酒几十年，像这样还是第一次。从假期第一天喝酒是先从朋友给的老酒喝起，一般分中午和晚上两顿喝，中午二三两，晚上可能三二两不等，有时是根据瓶里上一次剩多少酒而定，当喝下1990年生产的全兴酒，1996年生产的郎酒和1998年生产的剑南春时，倍感亲切，喝得踏实。喝的是放心。绝对不会像当下无论喝什么酒都不踏实，心有余悸！因为不知是真还是假！

（四）说写日记。我有多年写日记的习惯。有话则长，无话则短。有感就发，无感少语。这十天正好宅家累计写了6000多字的日记、心得。

最后向坚持在一线上班的领导、同仁们、朋友们致敬！切记在工作的同时，不要忘记防风险战疫情！

2020 年 2 月 3 日

我说看透不说透

　　星期五晚上与几个朋友小聚，餐中甲说了乙一个事。我知道甲说乙的都是实话，但从乙朋友的表情看非常不爽，其结果可想而知。后来想想自己这么多年在这方面也吃了不少苦头（甚至影响很大），故今天就想就此啰唆几句，或许对有些年轻的朋友有所提示。

　　小时候就听说过，见人只说三分话，未可全抛一片心；长大了又听说，看透不说透，说透没有好朋友。说实话活了多半辈子，还是似懂非懂！似明非明！

　　本人认为此论不能一概而论。如是至亲真朋就应看透说透，否则你不配做人父母，为人儿女，当人诤友；如涉及对国家对单位对家庭的形象、利益有损为什么看透不说透呢？如只是对某个人或个人行为的面子的情况，就可以看透不说透免得人家下不了台，金无足赤人无完人，这也无可厚非。即便如此以上三种情形也要分场合讲策略。起码不要当众说透，若采取一对一面对面的形式，以诚相待以心相交的形式，我相信对方也会接受甚至会感激的。

　　索性再举个不得罪人的例子吧，免得对号入座。刚刚热播的电视剧《我的前半生》，试问如果罗子君是个相貌平平的女子（还带个孩子），会有那么多男子为其献殷勤吗？问世间情为何物，直教人生死相许——这种人有但不多！两人能走到一起，肯定各有所图：你图我高富帅，我图你真善美；你图我秀外慧中，我图你有车有房；你图我楚楚动人，我图你家财万贯；你图我爹权娘贵，我图你杨柳细腰。当然两情相悦啥也不图、图情图爱也有之。但有些内在元素看透不能说透否则很没意思，还是朦胧一些为好。现实生活中，谁能把爱财与爱人区分清楚？单纯为爱而爱难道不存在吗？

笔者认为：一、为国为民为集体的利益还是看透说透的好，毛主席一贯教导知无不言，言无不尽，说透了为好，否则害人害亲，于心何忍？二、不利于团结不利于工作，为了大局为了工作的利好不说透也好。三、光拣领导或他人愿意听的说，不实事求是甚至为了自己之私利夸大其词，害人害集体者要反对。四、说透话一定要分场合讲策略。五、人活在世上要明白，晴天留人情，雨天好借伞。六、人有一张嘴两只耳朵，就是让人少说多听。七、在现实生活中，如能看透敌人的本质就不当东郭先生，如能看透小人的嘴脸就不与其为伍，如能看透别有用心者的挑拨就不要被人当枪使……但愿你有一双慧眼有一个智脑，对己对人对国家都将是一件幸事。

啰唆了半天我也没说透为什么看透不说透！如何才是看透不说透！反正我能做到——有时不说真话但绝不说假话。

原谅容易再信任难

最近看了一首诗《原谅容易再信任却难》，感触颇深，有感而发。根据自己的体悟唠叨几句，但愿对朋友们尤其是年轻的朋友们有所提示。

原谅一词，词典解释是对人的疏忽、过失或错误宽恕谅解，不加责备和惩罚。信任一词，词典解释为相信而敢于托付。

在现实工作和生活中，我们经常会遇到信任不信任、原谅不原谅的人和事。人非圣贤，孰能无过？与同事、朋友、同学、领导相处，难免会出些误解、误会或失误。此时此刻，不论是上下级、同事还是亲朋好友之间都渴望对方的原谅（诚然不包括无中生有的事）。

但以笔者的观察和体会，原谅一个人很容易，但再信任却不那么容易了（当然有的确实被冤枉啦）。大家知道，暖一颗心需要多年的积累和沉淀，若凉一颗心可能就是一件事、一句话、一瞬间……

这里我要说的是两层意思：一是说要看被原谅者所做的事所说的话当时动机和背景如何，是有意为之还是无心插柳？若是有意的就不是原谅不原谅的问题，而是个原则问题，必须对这个人采取断然措施；若是无意你又何必对号入座？这与信任不信任无关。二是说原谅者要有辨别真假、分辨是非的能力，也许是以讹传讹，也许是有的小人别有用心呢？这也是决定能否原谅的关键所在。其实原谅也好信任也罢，还有一个重要因素不可忽视，那就是两者之间的信任程度和素质的高低。

总之，再好的刀伤药不如不拉口子。时过境迁，物是人非。有些事不管我们如何努力回不去就是回不去了，也不要太自责，但凡问心无愧也就罢了。为此，我想告诉朋友们：在日常交往中，尽可能谨言慎行，对领导对同事对亲朋坦坦荡荡，有些事有些话当面直言未必不是一种好的选择。不要给个别的好事之徒，长舌之妇以口实。因为你要明白，有时即便可能是误会误解，但若失去领导、朋友的信任也是一件可怕的事情，小到影响你一阵子，大到影响你一辈子。但对一些偏信偏疑、听风就是雨的领导或朋友，随他也罢！信与不信就在你一念之间，懂我的人何必解释！

最后我要强调的是：相逢是缘不要错过，相处是情更该珍惜，相交是友谊定要信任。转身时也要优雅，即使离别也要保持应有的德行。

节气篇

白露（一）

　　"露从今夜白，月是故乡明。"今天是二十四节气的第十五个节气——白露。节气与民生息息相关，我今天之所以想说说白露，是因为二十四节气之中最为重要的气候节点的两个节气就是清明和白露！

　　清明来了，自然界万物真正走向复苏和繁荣；白露到了，阳光显得苍白无力，树叶也开始飘零、草木枯萎、月色变浅！

　　凉风至，白露降，寒蝉鸣！这是真的！这是不以人的意志为转移的！

　　白露以后，昼夜温差开始增大，人们需要注意添加衣物，所以俗谚才有"处暑十八盆，白露勿露身"的说法。当然，白露过后北京的香山、南京的栖霞山也将迎来层林尽染。

2018 年 9 月 8 日

白露（二）

　　白露，是二十四节气中的第十五个节气，也是秋季里的第三个节气。

　　"白露秋风夜，一夜凉一夜"说的是自白露节气开始，气候由热转凉，万物随寒气增长，也将逐渐凋零。所谓天高云淡，气爽风凉的时候到来了。

　　二十四节气真的是我国劳动人民伟大智慧的结晶，规律性强，准确率高，列入世界非遗当之无愧！同时还想给我们老同志提个醒：白露过后，气温迅速下降，早晚温差增大，暖寒交替之际，容易生病。俗话说，"处暑十八盆，白露未露身"，所以早晚适当添衣，少食寒凉食物一定要提到议事日程。

　　为此说

　　　　蒹葭苍苍，白露为霜。
　　　　酷热已过，天气开凉。
　　　　慎行善食，注意养生。
　　　　遵守规律，身体安康！

　　　　　　　　　　　　　　　　2020 年 9 月 7 日

春　分

春雨惊春清谷天，

春分节气在今旦。

昼夜等长即日起，

柳丝飘飘垂河堤。

细雨微风万物生，

莺飞草长燕归来。

不负春光不负己，

更喜春天景绚丽。

2021 年 3 月 20 日

大　寒

　　大寒，是二十四节气中的最后一个节气。斗指丑，于每年公历 1 月 20—21 日交节。民谚云：小寒大寒，无风自寒。不言而喻，大寒时节正是冬季浓浓之时，天气冷冷至极。

　　今天之所以说大寒，是因为今年之大寒不同往年！一则恰与腊八节同日，这种情况不多见，上一次出现在同一天，就要追溯到 20 年以前的 2001 年 1 月 20 日；二则正遇燕赵儿女抗击新冠肺炎的关键节点！而这种疫情给人们带来的伤害要比大寒节气带来的寒气寒冷得多。陆游有首《大寒》的诗写道："大寒雪未消，闭户不能出。"如改成"大寒雪未有，防疫不能出"就更切现状。

　　"严寒松柏劲，琼雪腊梅芳。"我们坚信，没有一个冬天不可逾越，没有一个春天不会来临。英雄的燕赵儿女，善良的邢襄人民，在党中央的坚强领导下，在当地政府的正确指挥下，人人尽责任。积极落实防疫措施，勤洗手、多通风、戴口罩、一米线、不聚集，同心协力，众志成城，就一定能够打赢这场疫情的阻击战、歼灭战！

　　愿岁月静好，现世安稳！

2021 年 1 月 20 日

冬　至

今天 18 时 44 分将迎来今年二十四节气中的第二十二个节气——冬至。冬至俗称冬节、亚岁，是一个重要的节气。

冬至起白昼一天比一天长，阳气日升，日南至，日短之至，日影长之至，故曰"冬至"，即日起天地阳气渐强，代表下一个循环开始，是大吉之日。但从此严寒真正来临了，它是数九第一天。有诗云："西北风袭百草衰，几番寒起一阳来。白天最是时光短，却见金梅竞艳开。"

冬至有吃饺子的习惯，说冬至吃饺子不冻耳朵；还有一种说法是吃了冬至面一天长一线。又说冬至晴正月雨；冬至雨，正月晴。

总之，冬至到了说明将近年关了，掐指算来论春节也就剩下一个多月了。站在这个当口，在工作上，如何收好官结好尾，如何搞好总结继往开来，将是面临的当务之急；在家庭上，如咱老人健在一定要做好御寒过冬的准备，为他们送去温暖送去关爱；在社交上，对一年来的走亲访友存在的不足也应回顾一下，咱做对了明年发扬光大继续前进，咱做错了弯个腰道个歉求得理解和谅解……

又是一年冬至时，流走岁月留年轮。

纠结雾霾没奈何，相信老天终会晴。

2016 年 12 月 21 日

惊　　蛰

惊蛰，是二十四节气的第三个节气。春雷响，万物长，蛰虫惊而出走。

惊蛰代表着仲春的开始，大地回暖，春意渐浓，生机盎然。古人有"惊蛰照蚊虫，一照影无踪"之说。此时，南方的油菜花华丽盛开，开在山间，开在田野。此时，北方的迎春花争艳开放，迎着春风，绚丽多彩，身姿婆娑；迎着春意，端庄秀丽，气质非凡，迎接白衣战士早日归。

一声蛰雷天地惊，千山锦绣百花荣。瘟疫发于冬至，长于大寒，盛于立春，衰于惊蛰。我们坚信有党中央的坚强领导，有全国人民的众志成城，有白衣天使的大爱无疆，瘟疫将随着一声惊雷烟消云散。灿烂的油菜花，多彩的迎春花，必定会迎来白衣战士的凯旋！必定会迎来中国人民的完全胜利！

2020 年 3 月 5 日

立春（一）

春打六九头。今天 5 点 28 分立春，春天真的来了。立春是二十四节气的第一个节气，人们常说的"冬天到了，春天还会远吗？"今年切身地体会到了这一点。掐指一算到目前为止，今年在市区仅看到了三次飘雪，同时也未感觉到天有多么寒冷，冬天就过去了……由此联想到每个人的心事心境亦不过如此，咬一下牙，忍一下痛，闭一下眼什么也都过去了。就像天气一样，无论天再冷地再寒，也挡不住春天的脚步！谁人不是时光的过客？谁人不是在反反复复中经历着岁月的打磨？只当是为了更加圆满吧！

"律回岁晚冰霜少，春到人间草木知。"踏着春天的脚步，用不了多长时间，桃花、梨花、杏花……百花争艳，春意盎然。愿朋友们努力做到：对所有的花微笑，对所有的人微笑，对自己微笑。并争取做到：花开我喜，花谢不悲。我要拥抱春天，珍惜当下！活着就好，弥足珍贵！

一年之计在于春。春日春风动，春江春水流。天道要轮回，四季始立春。愿我的朋友们早睡早起，脚踏实地，无怨无悔，善于谋划，勇于创新。在春天里播下希望的种子，洒下幸福的汗水、欢乐的水滴，勤耕细耘，待到秋高气爽的季节里，一定有个好收成！

愿朋友们，春风满面！春风得意！

愿朋友们，立下一年好心愿！春暖花开迎新年！

2018 年 2 月 4 日

立春（二）

　　立春，是二十四节气的第一个节气。"东风解冻，蛰虫始振"，今日立春。顾名思义，立是开始之意，春代表着温暖、生长。四季轮回，从今开始。

　　记得去年立春是 2 月 4 日，此情此景，记忆犹新，响应号召，足不出户。今年立春是 2 月 3 日虽相差一天，但不同的是，去年是除夕以后的正月十一，而今年却是除夕以前的腊月廿二。去年新冠肺炎疫情全球暴发，而今年却出现于近在咫尺的藁城和南宫。居安思危，可无备御！

　　2020 年全国人民在党中央的坚强领导下，众志成城，坚韧不拔书写了抗疫史诗。今年不屈的燕赵儿女，善良的邢襄人民又以患难与共的担当，英勇无畏的精神，有决心有信心打好抗击疫情的阻击战、歼灭战。

　　今日立春，万物起始。没有过不去的冬天，也没有不到来的春天。我们坚信有党中央的高度重视，有当地政府的正确指挥，有燕赵儿女的不懈努力，就一定能够战胜疫情，走出家园，正常生活，拥抱春天。

　　今日立春，春天会给我们带来无限的希望，送给我们美好的时光。让我们共同祈愿朗朗乾坤，山河无恙。全国人民安康，邢襄大地万福！

今日立春，让我们一起静候春回大地、春风和气、春光明媚、春暖花开、春意盎然、春色满园、春华秋实吧！

2021 年 2 月 3 日

霜　　降

　　"菊红叶落秋见霜"，再过一会儿霜降就到了。它既是秋季的最后一个节气，也是二十四节气的第十八个节气。霜降到了，秋天即逝，冬天不远。寒露不算冷，霜降变了天。霜降时节天高云淡：看大地一片翠绿泛黄，观山花烂漫枫叶尽染。刚读了张继的一首诗，突然想到，如人生已五十多岁，不正是二十四节气的"霜降"吗？处在这个年龄段！你是等着风萧萧冰冷冷的冬天来临，还是"停车坐爱枫林晚，霜叶红于二月花"地自我陶醉；是看山是山看水是水随遇而安，逍遥自在，还是"千林扫作一番黄，只有芙蓉独自芳"的自信呢？笔者认为：到了"霜降"的年纪，如还在工作岗位上，就要珍惜这个"节气"，发扬不用扬鞭自奋蹄的精神，兢兢业业，站好最后一班岗，干好最后一桩事。在职业生涯中，尽量不留下遗憾，过好人生的二十四节气。如离开工作岗位，就要在生理上明白芳条结寒翠，请君添暖衣的道理，御寒防冷迎接冬天的到来；就要在心理上想到大半辈子都过去了，什么都是浮云，顺其自然，含饴弄孙，该喝就喝该笑就笑，疯一阵子乐逍遥有何不可！为人哪能事事如意顺心，为事哪有件件圆满无憾！想开看开放开，只要用心去做就少了烦恼多了快乐！

　　总之，切记自然放松，知足当下，你的存在就是最好！

2017 年 10 月 23 日

小　寒

白雪飞舞兆丰年，
年复一年根相连。
元月六日是小寒，
寒尽冷去春如愿。

2020 年 1 月 6 日

小　满

　　今天中午与弟兄们聚餐，方知今日小满。睡醒后看看台历小满的时点是 21 点 49 分，为时还早，索性就说说小满！

　　小满是二十四节气中的第八个节气，有言道，"小满小满，麦粒渐满"，这是一年中农事活动的繁忙季节。二十四节气中有小暑大暑小寒大寒小雪大雪，为何有小满而没有大满呢？上初中时听老师讲，"满招损、谦受益"的道理；20 世纪 90 年代上级领导又讲不要有小富即安的思想。

　　我个人的理解是：满招损讲的是无论做人还是做事都不要太张扬！不要对自己刚刚取得的成绩沾沾自喜、扬扬得意！常言道，月满则亏，水满则溢；小富即安讲的是，有些人刚刚取得一点儿成绩就轻易满足，不思进取。为此老李的意思是两种思想都不可取！第一种行为可能招来非议甚至招来损失；第二种行为很可能影响到个人或单位，甚至社会的进步。

　　回过头来再说小满这个节气，充分说明我们的先人为啥设有小满而没设大满的节气！小满者，满而不损也，满而不盈也，满而不溢也，先人英明高明也！

　　我更想说的是：（一）有的人一定要知足常乐，不要为目前的工作环境、同事朋友而烦恼而纠结！金无足赤，人无完人，家家有本难念的经，人人都有难唱的曲。知足就好，小满即可。（二）

有的人小富即安不行！因为你要有责任心要有使命感，因为如果你再努力一把，将会给你的家人、你的朋友甚至给社会带来更多的利益。所以你仍要不忘初心，砥砺前行，为党和人民做出应有的贡献！

　　本想再多写几句，但有一句话说得好"响鼓不用重槌敲"，所以我也不再啰唆了。无论是小福即安也好，还是知足常乐也罢，其中的滋味及行为的拿捏自己悟之即可。

　　小满时节夜莺声，风吹麦花穗已齐。但愿我爱的朋友和爱我的朋友真正理解小满是一个充满哲理的节气的道理。祝愿爱我的朋友和我爱的朋友都能心安幸福，岁月静好！

2020 年 5 月 20 日

清　明

　　四月，清明如期而至。让我们寄哀思，燃心香……岁岁而至，年年清明。愿我们懂得感恩，学会珍惜……

　　　　春风杨柳白絮飘，
　　　　松柏绿间烟云绕。
　　　　清明祭扫寄哀悼，
　　　　慎终追远永记牢。

　　　　　　　　　　　　　　2018 年 4 月 4 日

冬　日

北风潜入悄无声，未品深秋要立冬。今天 13 时 37 分 45 秒就要立冬了，它是二十四节气的第十九个节气。关于立冬的来历、习俗、故事大家搜一搜看一看，一目了然要比我说得好，讲得明。本人是想就立冬的节气说点儿人生的感悟，愿年长的朋友重温一些回忆，愿年轻的朋友增长一些见识。

春夏秋冬，四季更替，自然规律，千古不变。虽然我国的国土面积广阔，但要说四季分明，无论是大江南北还是长城内外，都比不上咱们的家乡邢台。春生夏长，秋收冬藏即春天萌生夏天滋长，秋天收获冬天储藏，说的是农作物的发生发展过程。其实人生的轨迹又何尝不是呢？从观赏春天里的桃花风情、品尝夏日里的甜蜜果香，到欣赏秋日里的绚丽风光、饱尝冬日里的冷风雪飞。这不正是人生岁月的发生发展的真实写照吗？

我的童年是在留垒河旁的南和县史召村度过的，童年时光，灿烂无比。蹲在留垒河边捧饮清清河水，心旷神怡，感受到家乡的仁爱；咬一口史召桥村甜杏，回味悠长，感受到家乡的温暖。当然随着时代的变迁，环境的变化，清清的河水不见了，葱葱的杏林没有了，就像有的人也变得越来越不认识了……

"落红不是无情物，化作春泥更护花"，其实对于秋天的离去，也不必有太多的失落和迷茫，因为叶落归根并不是永远的消失，也许是用另一种方式回报大地母亲的恩泽。但终究冬天来了，就要做好御寒的准备，保暖衣、保暖裤、手套甚至帽子，还是要提前准备好以防冻着！

站在季节的阡陌，如果人生是一朵花，或盛开在明朗的春夏，看一个轮回尘埃落定；或重生于凄冽的秋冬，观一个里程岁月轨迹。愿年长的朋友要有"梅花欢喜漫天雪，冻死苍蝇未足奇"的豪迈，愿年轻的朋友要有"冬天到了，春天还会远吗"的情怀！

立冬了，冬天真的来了，天会越来越冷，父母健在的朋友们记着给父母置办一些保暖用品，常回家看看。天冷了夜长了，多读书多思考，沉淀自己，成全别人。只要心里有阳光，冬天也会有温暖。因为只有心里有阳光才是驱雾除霾最好的办法。

与秋告别，与冬相拥。不忘初心，心存感恩，等你的雪会来，等你的人会来，爱你的人也会来。

2017 年 11 月 7 日

霜　降

　　一场秋雨一场寒，霜降落叶云雾漫。淅淅沥沥的秋雨时续时断从本月二十日下了三天多，迎来了今天七点四十六分的霜降节气。

　　霜降到了预示着秋将去冬将至。有诗为证：白昼秋云散漫远，霜月萧萧霜飞寒。我们将看到，榴熟子落、野栗坼裂、甘蔗刮霜，我们将看到新月岁歌、万物冬藏。我想说的是在晚秋时节，天气渐冷，草木枯黄。人们的意志容易消沉，性情容易抑郁就像男人和女人都有更年期一样！此时此刻，我又想告诉我的朋友：我度过的岁月不算太久但也经历了难忘的岁月！微信中不少的经典语句让咱们可以共享共勉，但毕竟代替不了此景此情。愿朋友们多想想秋之美，多想想亲人情，多想想感恩的人！我想说，秋已暮，露成霜，朋友们早晚添衣裳；我想说，想想我们知心的亲人和朋友，看看我们可心的同学和同事。秋风秋雨算什么？即使冬雪冬冷又如何？

　　世界之大并非每个人都能相遇，茫茫人海并非每颗心都相通。只要你懂得只要你珍惜，不论霜降冬至小雪大雪，你一定会无关风月，无关功利，甚至无关风雨也无关阴晴！

　　　　　　　　　　　　　　　　2016 年 10 月 23 日

雨　水

雨水唤春归，
倾力战疫情。
润物细无声，
人间有真情。
英雄医务者，
时代楷模人。
好雨知时节，
人民一定赢。

2020 年 2 月 19 日

　　今天是二十四节气的第二个节气——雨水。特借此
节气的春意，向战斗在荆楚大地一线的医务工作者致以
最崇高的敬意！

节 日 篇

卜算子·清明

风清景明时，
岁岁清明到。
坟上又绿青青草，
子孙来凭吊。
春风轻轻吹，
花香阵阵飘。
插上鲜花寄思哀，
先人九泉笑。

2020 年 4 月 4 日

采桑子·重阳

一年一度又重阳

登高望远

遍地金黄

身为异客思故乡

秋风劲吹催叶黄

尽管心凉

还有暖阳

重阳欢聚夜秋长

2019 年 10 月 7 日

寒 衣 节

　　农历的十月初一是我国传统的寒衣节，又称十月朝、冥阴节。它是与春季的清明节、秋季的中元节齐名的节日。

　　中国人讲究慎终追远，在儒家"孝亲"传统与"灵魂不灭"的原始宗教信仰的支配下，认为远在黄泉之下的亡亲，也需要在十月添衣过冬。作为亡者的亲属有义务为其置备御寒物品以示悼念之情。这一天谓之送寒衣，这一天也标志着严冬即将到来。

　　我今天说寒衣节，主要有两个目的：一个目的是想说我们这一代人，应该担当起对我国传统节日、传统文化进行继承和传播的责任。我并不反对现在的年轻人仰视西方的情人节、圣诞节等节日，也不想说他们崇洋媚外、厚西薄中，而是提醒人们在好奇享用西方节日的同时，不要忘记了中华民族的传统节日，因为我们毕竟是中国人。别再出现韩国把中国的端午节拿到联合国去申报自己文化遗产的事情了；另一个目的是想告诉朋友们，我国好几个传统节日，让我们慎终追远，缅怀先人。加上传统的九九重阳节——老人节，无非是让我们铭记尽孝和关爱老人就是中华民族的优良传统。冥途冷远念家尊，寒衣送暖，所以说送寒衣不仅是传统习俗那么简单，给在世的亲人送衣御寒才更能体现出寒衣节的内涵！

十月一送寒衣，祭祀敬祖烧寒衣。

十月一送寒衣，牢记尽孝又尊老。

传播中国传统文化人人有责，继承中华传统美德从我做起。

2016 年 11 月 1 日

除　夕

　　时光匆匆，岁月悠悠。说话不及除夕到了。春节是我国民间最隆重最富有特色的传统节日，一般指的是除夕和初一又叫阴历年，俗称"过年"。

　　"火树银花不夜天"，不由得想起自己年轻时候过年的情景：大街小巷，庭内院外，到处人来人往，灯火通明，五彩斑斓的烟花，震耳欲聋的炮声，好一番火树银花不夜天的壮观景象。近年来，政府考虑到安全、环保等因素，市内不让燃放鞭炮了，说实话总觉得心里空落落的！因没有鞭炮声相伴，确实少了浓浓的激情和暖暖的年味了！再也找不到"爆竹声中一岁除"的感觉了。

　　云淡风轻又一年，岁月流逝又一春。除夕到了，从传统意义上说，新的一年才算真正开始。走过了一年，经历了岁月。无论对事还是对人，你可曾有过更真的感怀与领悟？过去的一年，你可能实现了自己的愿望，达到了自己的目的，但在为你表示祝贺的同时，更希望你不要沾沾自喜，还要不忘初心，砥砺前进！因为前进的道路上还会遇到许多的坎坷和不平；过去的一年，你可能事事不顺，件件烦心但你千万别气馁，更不要放弃，一定咬住青山不放松，坚持不懈，发愤图强，你也一定会达到胜利的彼岸；过去的一年，你可能没有大起大落，平常又平淡，你也要用心去体会"平平淡淡才是真"的真谛所在。古往今来，南人喜米，北人好面。一年过去了，看不透的人心，听不清的声音，理不断的情愫，弄不明白的事情。一定要让心归零，珍惜该珍惜的人，忘记该忘记的事。缘来，双手迎接用心相处；缘去，注目相送真心祝福！

展望新的一年，我愿亲爱的朋友们，一定要善待家人，收获幸福；善待他人，收获快乐；善待自己，收获健康。随遇而安不是不知所云，不知所终；顺其自然不是随波逐流，任水自淌。话剧《断金》里说得好：流水不争先后，争的是滔滔不绝。记仇增添烦恼，记事增长见识。我愿朋友们都能在理解、沟通、包容、豁达中生活；我愿与朋友们一路同行，共话巴山夜雨；我愿相爱的朋友们执子之手，与子偕老。

加油，你要尽你所能，新的一年肯定有一心愿在等你！

加油，祝所有朋友春节快乐！幸福安康！顺心顺意！

2018 年 2 月 15 日

端 午 节

　　端午节是中国汉族四大传统节日之一，2008 年被列为国家的法定假日。从 2300 年前爱国诗人屈原身投汨罗江那一刻起，端午节又被赋予了新的内涵。从屈原忧国忧民的《离骚》《天问》到他的绝笔《怀沙》都抒发了作者忧国忧民的情怀！但在谗言当道昏君当权的社会，只有带着忧虑带着思念带着不安带着无奈纵身一跳——路漫漫其修远兮，吾将上下而求索！

　　纵观 2300 年后的今天，尽管社会主流是较好的，但谗言流言谎言仍有其市场，尤其是掌管一个地方一个部门一个单位的当权者，罔顾实情，信谗言，听谎言，小到毁了一个单位，大到影响到一个系统，最终害了自己影响了群众。

　　传统的端午节要喝雄黄酒挂蒿草艾叶，意在辟邪祛病。而今我党持反腐倡廉之利剑，铲污吏斩贪官消屈灭冤，屈氏已沉死，楚人哀不容。今日我中华，岂容冤再生。朗朗乾坤，天地之间，任花开自在！谗言少真诚在，做好人行善事，好人好事有市场，恶人奸人无处藏。

　　艾草香香粽子甜，美梦悠扬情意长。祝我的朋友们端午节安康！

2016 年 6 月 9 日

父 亲 节

父亲节，顾名思义是感恩父亲的节日。从朱自清的散文《背影》到阎维文、刘和刚分别演唱的《父亲》，以及王铮亮演唱的红遍大江南北的《时间都去哪儿了》都是告诉人们要思念父爱要感恩父爱。我想说，无论你的父亲是严厉的、是慈祥的，还是少言的、唠叨的，无论他的背影是佝偻的，还是伟岸的，他对子女的心都是一样的——父爱如山，父爱如水。从你呱呱坠地到青春叛逆，从离家求学到成家立业，从面朝黄土背朝天到终于吃上商品粮，从跌倒落魄到出人头地无不倾注父亲的心血！多少优美的文章，多么动听的歌曲都表达不了对父亲的感恩对父爱的感谢！我想对朋友说，如果你的父亲健在，那么就从今天开始就从现在开始好好地孝敬他吧！百善孝为先，常回家看看，心动不如行动，常回家走走。不要让子欲养而亲不待的遗憾在你身上重演！我还想把香港电台梁继璋先生写给儿子的一段话送给大家："亲人只有一次的缘分，无论这辈子我和你相处多久，你一定要珍惜共聚的时光。下辈子无论我们爱与不爱，都不会再相见。"亲爱的朋友，父爱伟岸如青山，父爱宽广如江海，快快行动感恩父爱感谢父亲吧！愿朋友们的父亲节日快乐！愿天下的父亲们节日快乐！幸福安康！

2016 年 6 月 19 日

建 军 节

今天是中国人民解放军建军 89 周年，是解放军的节日，也是全国人民的节日。此时，抚今追昔，翻书阅史，心情激昂，汹涌澎湃。从 1927 年 8 月 1 日南昌起义打响武装反抗国民党反动派的第一枪之时，中国共产党就有了自己的军队。从井冈山开始粉碎了敌人的一次次"围剿"，爬雪山过草地，行程二万五千里。又经过抗日战争，解放战争，终于建立了中华人民共和国！中华人民共和国成立不久你们又雄赳赳、气昂昂跨过鸭绿江，打败了以美国为首的多国联军，打出了军魂，打出了国威，奠定了我国在世界的大国地位。从珍宝岛自卫反击战、中印边境自卫反击战到对越自卫反击战，你们无愧于中国男子汉，无愧于中国的钢铁长城！

从新疆屯垦到西藏天路，从塞北草原、贺兰山下到青铜峡到处都有你们的身影。从边陲到海岛，从深山到大漠，地震发生了，你们上了；洪水来了，你们去了；大火燃烧了，你们扑上去了……哪里有危险哪里就有人民子弟兵。

军人——多么崇高的职业，当兵就意味着奉献。目标就是前进就是胜利。当过兵的人就是不一样，宁折不弯，意志坚强。即使脱了军装，人们也能看出那个人有过一段当兵的岁月。

89 年的光荣征程，无数先烈的鲜血，洗染了胜利的军旗。党中央，知民情，合军意，揪出了郭伯雄、徐才厚为代表的军中蛀虫，使我们的军队更纯洁，更有战斗力。

接力革命火种，传承红色基因。向最可爱的人致敬！节日快乐！

2016 年 8 月 1 日

教 师 节

1985年第六届全国人大常委会第九次会议决定每年9月10日定为教师节。于是1985年9月10日成了我国的第一个教师节。

秋高气爽，丹桂飘香。今天我们迎来了第32个教师节。此时此刻，思绪万千，汹涌澎湃。想起小学、中学、中专教过我的老师们他们的音容笑貌，历历在目，他们的谆谆教诲，记忆犹新。

教师被称为太阳底下最光辉的事业一点儿都不为过，他们身为世范，为人师表。一种情怀大爱奉献。他们用一支粉笔写春秋，站三尺讲台言天下。他们是蜡烛，燃烧自己照亮别人；他们是春雨，润育桃李芳菲大地。一个个日子升起又降落，一届届学生走来又走过，不变的是他们的灿烂的笑容和殷切的期盼！他们怀着耿耿园丁意、拳拳育人心而"春蚕到死丝方尽，蜡炬成灰泪始干"。

一个人遇到好老师是人生的幸运，一个民族源源不断涌现出一批又一批好老师是民族的希望。百年大计，教育为本；教育大计，教师为本。中华民族伟大复兴归根到底靠人才、靠教育。

我坚信，只要举全国之力，上下同心，人人重视教育，个个尊重教师，中国何愁不强大，中国何愁不屹立于世界之林！

祝所有老师们节日快乐！幸福安康！

2016年9月10日

母 亲 节

母亲节，顾名思义就是一个感谢母亲的节日。据说这个节日最早出现在古希腊。美国的母亲节是每年5月的第二个星期日。2006年12月，中国民协节徽文化委员会等组织将农历的四月初二，也就是孟母生孟子这一天定为中华母亲节。

综上所述，设立母亲节，就是让我们不忘母亲恩，牢记母亲情，行善事做好人尽孝道。其实我国元代郭守正编辑的《二十四孝》中的"亲尝汤药"等就是对孝敬母亲最好的诠释。从孟郊的"慈母手中线，游子身上衣，临行密密缝，意恐迟迟归。谁言寸草心，报得三春晖"，再到阎维文演唱的《母亲》——"你入学的新书包有人给你拿，你委屈的泪花有人给你擦……"和斯琴巴图的《母亲》中"慈祥的神情蹒跚的脚步，天天为生活忙碌……"无不说明母亲的伟大和母爱的分量。唱哭了多少人，唤起了多少人对母亲的感恩和思念！

我想要说的是：不养儿不知父母恩，不做母亲不知母爱深。母亲给了你生命，教你学走路，教你学做人，赐予你母爱！所以希望母亲健在的朋友们要多点儿挂念，常回家看看；多点儿时间，常陪她聊聊。要学会和母亲好好说话，好好沟通。爱母亲就要马上行动经常行动，不要作秀，不用矫情，只要你平常做得很到位，那么她就会天天都过母亲节。她要的不是你送她多少金钱，多少丰厚的礼物。她要的可能就是你的一句问候，一种陪伴，一次交流。

我还想要说的是：有妈的孩子像个宝，没妈的孩子像根草。无论你多大，无论走多远，有娘在，才有家。待到"想见音容空有泪，欲闻教诲杳无声"时，一切悔之晚矣！因为我没娘了，我的人生只剩下了归途，这是我的切身感受。

世上报不完的恩还不完的情，只有母亲的恩和母亲的情。风是爱的召唤，雨是情的交融。愿天下的母亲们身体安康！节日快乐！

2017 年 5 月 14 日

七 夕

今天是七夕，我就给朋友们说说这个节日。

今天是农历七月七日，是中国现在流行的七夕情人节。这个节与传说中的牛郎织女故事有关。

牛郎织女最早出现在《诗经·小雅·大东》上，"迢迢牵牛星，皎皎河汉女。……盈盈一水间，脉脉不得语。"她是与白蛇传、孟姜女哭长城、梁山伯与祝英台齐名的中国四大民间爱情传说。

传说中，由于牛郎与织女坚贞的爱情感动了喜鹊，无数喜鹊飞来用身体搭成一道跨越天河的彩桥，让牛郎与织女在天河上相会。王母娘娘也许被感染，就允许牛郎织女每年七月七日在鹊桥上会面一次。

大家知道，农历七月七日正当雨季，这一天常常下雨，人们便说这是牛郎织女的眼泪。由于牛郎织女的故事美妙动人，于是人们出于对其坚贞爱情的敬仰，代代传颂，七夕节就诞生了。这真是：两情若是久长时，又岂在朝朝暮暮；柔情似水佳期如梦，鹊桥相见一年一往。

最后我衷心祝愿朋友、同学、同事的是：祝世上好姻缘百年如初，愿天下有情人终成眷属。沧海桑田明月当头，只盼今生永相守；海枯石烂天地为证，唯求百年永相留。

2016 年 8 月 9 日

清 明 节

清明节是我国传统的节日，大约始于周代，距今已有2500多年的历史。清明既是二十四节气的第五个节气，又与端午节、春节、中秋节并称为中国的四大传统节日。

自从清明节诞生以来，关于写清明的诗作有很多，流传甚广，耳熟能详的当数唐代杜牧所写的"清明时节雨纷纷，路上行人欲断魂。借问酒家何处有，牧童遥指杏花村"和宋代吴惟信所写的"梨花风起正清明，游子寻春半出城。日暮笙歌收拾去，万株杨柳属流莺"了。

我没有古人先贤的智慧和才华，写不出警言传世之作。但我只想把几句心里话对朋友说说：清明，是慎终追远缅怀先人的日子；四月，是草长莺飞人间芳菲的日子，更是一年中追思祖宗，踏青扫墓祭亡灵的日子。今年的清明节对我来说非同寻常，我的母亲离开我们已经两个月又两天了。为了更加地缅怀父母、感恩父母，前天我们姊妹6家人共同为父母立了碑，并在坟前种下6棵柏树，"青松翠柏天堂地，香火烟袅相思寄"，愿父母的高风善行，永远烛照后人。

我想说的是，燕子去了有再来的时候，桃花谢了有再开的时候，杨柳枯了也许还有再青的时候，而我们的父母去了都永远不会再回来了。所以说，如果父母与我们已阴阳两隔，我们就要饮水思源，慎终追远，缅怀他们；如果父母健在，一定要倍加珍惜好好地孝敬他们，千万不要等待！我还要说如去扫墓，最好带上孩子，培养孩子的孝义道德观。

　　清明，万物生长此时，皆清洁而明净，清明踏青，放飞心情。愿我们清清白白老去，明明朗朗活着！

　　　桃花年年此时开，
　　　亲人一去永不回。
　　　父母音容历在目，
　　　遥寄相思入尘埃。

　　　　　　　　　　　　　　　2017 年 4 月 4 日

重阳节（一）

重阳节即农历的九月九日又称重九节、老人节。据记载该节在战国时形成，到唐代被正式定为民间节日。在1989年我国把农历的九月九日定为老人节。

"独在异乡为异客，每逢佳节倍思亲。遥知兄弟登高处，遍插茱萸少一人。""九月九日望乡台，他席他乡送客杯。人情已厌南中苦，鸿雁那从北地来。"从以上王维和王勃的诗不难看出都对重阳节寄于深深的情怀和对家乡浓浓的思念。重阳节正是人寿花香、天高气爽之时，是出游赏秋、登高远眺、观赏菊花、遍插茱萸的季节。站在秋的路口，依偎秋的怀抱，看一季落花沧桑了流年。菊花黄，黄种强，菊花香，黄种康，九月九，饮菊酒，人共菊花醉重阳。

百善孝为先，孝为德之本。重阳节又称老人节，这个节日又被赋予新的内涵，可以说又是尊老敬老爱老助老的节日。从近期朋友圈里可以看到有的朋友晒出了自己父母手牵手，共举杯的恩爱照，有的朋友讲出带着父母去秋游的情景……大为感动，为其点赞。为此我想说，无论你多忙无论在何方，如果父母健在都要常回家看看，哪怕是唠唠嗑端杯茶，对老人来说就是最大的快乐。父母在，人生尚有来处；父母去，人生只剩归途。人人都想来日方长，人人都想衣锦还乡然后再从容尽孝！朋友们啊！时间匆匆不等人，没有谁能留住时间，从此刻起给自己一个目标，莫辜负时光，尽孝莫等闲。不要成为昔年，往事难追忆。心动不如行动，言传不如身教。给自己的儿女树个榜样，因为老人的今天就是我们的明天。

　　一场秋雨一场寒，千万记着添衣裳。祝朋友们身体健康！全家幸福！

　　岁岁重阳，今又重阳。祝朋友们的父母们健康长寿！精神愉快！祝天下所有的老人们健康长寿！精神愉快！

2016 年 10 月 9 日

重阳节（二）

一年一度又重阳，金菊吐艳分外香。今天是农历九月初九，是我国传统的重阳节又称"老人节"。

农历九月，天高云淡，今天虽然薄雾遮日空气微浊，但也遮不住我们思亲的心情，挡不住我们敬老的脚步。望一望远方惬意逍遥，回一回老家快乐无比。因为你无论身处何地，总有一份爱穿过千山万水伴你到千里之外，那就是父母的爱。又是一年秋叶黄，身在他乡想爹娘。你、你们回家看爹娘了吗？

"九月九日望乡台，他席他乡送客杯。"本人的工作之地虽然离老家不足百里，但家乡却成了故乡，因为我的父母都走了。我再次建议父母健在的朋友们，一定抽出时间常回家看看，不忘初心方得始终，从现在做起从今天做起，牵着他们的手——你养我长大，我陪你变老，陪他们走过百花争艳的春天、郁郁葱葱的夏天，陪他们经过硕果累累的秋天、雪蝶翩飞的冬天，四季轮回，天荒地老！因为你要明白你希望子女怎样对待你，你就要怎样对待父母。

九月九，饮菊酒。今天中午就约年长的几位好友，喝壶酒去！

祝朋友们的父母节日快乐！身体健康！

祝天下的老人们节日快乐！身体健康！

2017 年 10 月 28 日

五　一　节

　　"五一节"的全称是"五一国际劳动节"，它是全世界无产阶级、劳动人民的共同节日。1889年7月，由恩格斯领导的第二国际在巴黎举行代表大会，会议通过决议，规定1890年5月1日国际劳动者举行游行并决定把5月1日这一天定为国际劳动节。中华人民共和国成立后，中央人民政府政务院于1949年12月将每年的5月1日定为法定的劳动节。

　　这个在世界上已有100多年，在我国也有了68年历史的节日，想必对大多数人来说并不陌生，为何我又重新提起呢？在这里不再追溯此节日产生的起因、过程和目的了。只想把我中学时代及参加工作头十年对这个节日的所看所想所做聊几句。我国每年五一节（现在都提前几天）都要在京举行劳模表彰大会，从时传祥、王进喜、张秉贵到蒋筑英、王启民、许振起……目的是表彰他们都能以实际行动铸就爱岗敬业、争创一流、勇于创新的高尚行为、弘扬他们艰苦奋斗、淡泊名利、甘于奉献的伟大精神。鼓励人们人心思上、人心向善，提倡劳动光荣。此举甚好，全国人民拥护。我刚参加工作时，就有一个向"点钞状元""珠算能手""技术比赛冠军"学习的氛围。年终评比先进集体，先进个人，从领导到同志们基本上高度一致，因为都是大家公认的，意见是不存在的。所以非常向往那个年代怀念那个光景！

　　再看看现在：五一节成了购物节，无论是网络电商还是线下实体店，都会举行大型促销活动刺激消费；五一节成了旅游节，看长城内外大江南北，大小旅游景点人山人海熙熙攘攘……

　　最后我想建议一些单位或系统在五一节的时候，要掀起宣传工人阶级、广大员工伟大人格及工作热情的高潮，让学先模比贡献的行为蔚然成风；我想建议我的朋友们有义务有责任给年青的一代，最起码给我们的孩子们传承老一辈劳模们艰苦奋斗的经历及无私奉献的精神。树立劳动光荣、劳动创造幸福的理念，见贤思齐，一心向上向善永记心中，对所有默默奉献的劳动者保持高度的尊重和敬畏！如此，人之幸事，家之幸事，国之幸事。

2017 年 4 月 30 日

中秋节（一）

　　农历八月十五是我国传统的中秋节。中秋恰值三秋之半而得名，又叫团圆节、八月节等。一年月色最明夜，千里人心共赏时。据考证，北宋时把八月十五正式确定为中秋节，并出现了"小饼如嚼月，中有酥和饴"的节令食品，这也可能是月饼的来历吧。

　　古往今来，人们对中秋节、对中秋的赞美诗句、故事数不胜数，祝贺的方式、方法不胜枚举。从嫦娥奔月、吴刚伐桂到玉兔捣药；从李白的"举头望明月，低头思故乡"、张九龄的"海上生明月，天涯共此时"到王建的"今夜月明人尽望，不知秋思落谁家"和苏轼的"明月几时有，把酒问青天。……但愿人长久，千里共婵娟"无不表露出对中秋节的赞美和对亲人的思念！人们仰望天空中如玉如盘的朗朗明月，自然会期盼与家人团圆。远在他乡的游子，也借此寄托自己对故乡和亲人的牵挂之情。

　　每逢佳节倍思亲！我要说的是既然中秋节传承了这么多年，足以说明它的生命力有多强，足以说明亲人们渴望团圆的愿望有多强。所以我想说，朋友们只要条件允许，不论你是千山万水还是日理万机，请暂时放一放停一停，与亲人团圆共赏明月吧！"最是一年中秋美，花前月下人相对。"这个情，这份意，这种感受是任何东西不可替代，是多少金钱也买不到的。

　　秋天是个收获的季节，秋风吹黄了夏日的绿，吹黄了谷子，吹黄了玉米；梨儿香，枣儿红，苹果甜，栗子核桃咧开了嘴。在这收获的日子请收获与父母的团圆、与子女的团圆、与朋友的团圆。渴望心灵的相通，追寻美好的回忆。人生一世，草木一秋都是过程，为何不让过程更完美更可爱少些遗憾呢?

  金秋是个思念的季节，是个牵挂的日子。思念如潮，牵挂如涌，远方的朋友可好! 身边的同仁可好! 家乡的亲人可好! 风含情，月亮代表我的心；水含笑，月饼代表我的愿。浓浓的思念，深深的牵挂祝所有的亲人和朋友：花好月圆! 快乐平安!

2016 年 9 月 14 日

世界读书日

4月23日是世界读书日，恐怕很多人不太关注这个节日。其实我也是在4月8日看到国家图书馆馆长韩永进先生在中央电视台《开讲啦》栏目，讲了《我们为什么要读书》以后，才想说说读书这个话题。

中华文明之所以成为世界四大文明中唯一没有中断的文明，就是因为有一批有心人把几千年的历史与智慧浓缩在文字里进行了传承；中华民族成为礼仪之邦，一个重要的原因就是与我们曾是热爱学习、勤奋读书的民族有关。要使中华文明在今天发扬光大，我们只有一条路——读书。

我在这里想说三点意思：一是为何设立读书日，二是为什么要读书，三是读什么样的书。

1995年11月15日有关组织正式确定每年的4月23日为世界读书日。目的是推动更多的人去阅读和写作，并希望所有的人都能尊重和感谢在文学、文化、科学、思想等方面为人类文明做出巨大贡献的大师们。

为什么要读书呢？众所周知，读书小到能改变一个人的命运，一本好书往往就能改变人的一生；大到能使国家兴旺发达，阅读水平事关祖国的未来，民族的兴衰。封建社会的时候我国就流传"书中自有颜如玉，书中自有黄金屋"。虽然说得有点儿夸张，但也是在说读书的重要性。

我们的邻国韩国和日本之所以强盛，就是因为他们的国人有六成以上爱好读书，法国成为发达国家与他们的国人平均每人每年读 11 本书有关，以色列仅 500 万人却能够在发达国家之中立于不败之地，也是与他们的国民爱读书爱阅读有关。据说以色列国家规定在安息日内，犹太人禁止一切活动，只有读书和买书除外。他们对读书的重视程度可见一斑。

"仓廪实而知礼节，衣食足而知荣辱"，但这一切唯有读书方得。但面对浩如烟海的书籍应该怎么读？读什么书呢？我非常赞同韩馆长的观点：要读经典的书，经典就是思想精深、文化厚重、千百年来经过时代的检验依然为人们所欢迎的著作。比如《道德经》全书仅 5000 多个字就回答了关于人生、关于社会的根本问题。

文化建设首先需要有文化的积累，现在好多年轻的朋友读古书已有些吃力了，这与我们的教育方式、教育体制、社会风气、互联网的应用不无关系！但我并非说互联网不好，玩手机不好，非得读古书，只是说网络阅读与传统阅读有很大不同。传统的阅读目的性比较强，读者在读书后会理解和消化书籍的内容再进行传承。经典的东西网络是不可替代的。

莎士比亚说："生活里没有书籍，就好像大地没有阳光；智慧里没有书籍，就好像鸟儿没有翅膀。"朱熹说："问渠那得清如许？为有源头活水来。"我想说，腹有诗书气自华，离开手机不算啥！少玩会儿手机多读会书吧，无论你年老还是年轻，无论你是贫穷还是富有，无论你是高官白领还是一介草民都能享受读书带来的乐趣！富了口袋再富富脑袋绝对是一件幸事，读书对小到个人大到国家都大有益处。

明天，我们一起读书吧！

2017 年 4 月 22 日

三八妇女节

春暖花开迎三八，
诸位女神英姿飒。
上得厅堂顶呱呱，
下得厨房嘻唰唰。
工作争先很潇洒，
相夫教子亦非凡。
巾帼不能让须眉，
再创辉煌披彩霞。

祝女士们节日快乐！幸福安康！生活如花！一路芬芳。愿疫情早除，生活正常，山河无恙，岁月静好。

2020 年 3 月 8 日

又是世界读书日

　　血是生命之源，书是心灵之泉。我们中华民族之所以能成为礼仪之邦、文明古国，一个重要原因在于我们是一个热爱学习、勤奋读书的民族。只有崇尚读书，热爱读书，才能让民族保持生命的活力，才能使人们的素质不断提高。尤其是在中华民族走向伟大复兴、实现中国梦的当下，读书显得更加重要。

　　读书日，日读书。让我们一起读好书，好读书，感受文字之美，尽享读书之乐。通过读书撇开喧嚣，拨开冗务，滤除浮躁，做好本职工作，感受美好生活。

　　愿书香飘向万家，陶冶你我他！

2020 年 4 月 23 日

元 宵 节

今天元宵节

不言喜乐

不语悲伤

唯愿国泰民安

天下无疾

待春暖花开时

你安好　我无恙

亲们一切皆好

2020 年 2 月 15 日

中秋节（二）

　　又是一年月儿圆，又是一年思乡时。传统的中秋节如期而至，此时此刻，放眼望去，大地葱绿中泛着金黄，天空清朗间透着湛蓝，黄黄的玉米和谷穗，红红的苹果和大枣，好一派五谷丰登、瓜果飘香的美景呀！亿万农民刚刚度过了首个"中国农民丰收节"，《新闻联播》也播放了习近平总书记的问候和祝愿。

　　月明好还乡，万里心相通。中秋节它不仅带来了秋天的凉爽和丰收的喜悦，更带来了浓浓的思念和深深的牵挂！在外工作的游子们谁不想与亲人团圆以解思乡思亲之情呢？

　　笔者对中秋节的感受一年更比一年深刻！因为随着去年慈母的离世，使我真正体会到了"父母在，人生尚有来处；父母去，人生只剩归途"的滋味。为此我非常希望父母尚在的朋友们，无论路途有多远，不管工作有多忙，尽量多回家看一看、走一走、问一问，因为父母盼的不是你带来多少礼物，给多少钱，他们能与你多团聚、多见面，你能平安就是父母最大的心愿！绝不要留下"子欲养而亲不待"的遗憾。

　　月圆彩云追，天地入胸怀。在中秋佳节之时，愿清风带去我衷心的祝福，愿明月捎去我诚挚的问候。祝愿所有的朋友：中秋快乐！全家幸福！

2018 年 9 月 24 日

旅

游

篇

贵州六盘水行

水潺潺
山绿绿
白云天上飞
草青青
花漫漫
哒啦仙谷游
叶娑娑
果累累
世界银杏乡
舞轻轻
歌声声
彝胞篝火红

米香香
蜜甜甜
道谷美名传
天苍苍
野茫茫
乌蒙大草原

云朵朵

雨蒙蒙

中国凉都行

结缘缘

意浓浓

利江华安情

2018 年 8 月

湖北三峡大坝神农架武当山游

中央电视台的一句广告词"世界这么大，我想去神农架"，激发了我要去神农架的冲动，于是国庆节期间同侄子两家人去了向往已久的神农架。

从邢台出发的当天晚上就入住在湖北宜昌市的均瑶禧玥酒店。据了解，宜昌市是长江上中游的分界处，它上控巴蜀，下引荆襄，战略位置非常重要，尤其是 2009 年全部竣工的当今世界最大的水力发电工程三峡水电站的建成，更使宜昌大放异彩。次日 9 时我们一行 8 人乘长江三峡 5 号游船，游览了西陵峡景区。站在船头，眺望长江两岸风景美如画，长波射千里；回眸三峡大坝气吞壮山河，当惊世界殊。中华民族的伟大精神，中国人民的伟大智慧再次彰显！

隔日驱车向西北行驶两个多小时，来到了中国唯一以"林区"命名的行政区——神农架林区。到此一游果然名不虚传，看大小龙潭，观金猴岭貌，登神农架顶，群山万壑，锦石溪流。虽未见野人，但看野人塑像也让人浮想联翩。当地人说此时到此游览不是最好时节，若是七八月份来就更好了。

从神农架再往北行，经过九回首来到了闻名于世的道教圣地——武当山，该山位于十堰丹江口市境内。站在武当山脚向上望去，仙雾缭绕，敬畏之心油然而生，紫霄宫、玉虚、太极湖展现眼前，犹如神话梦游！观云雾日出，看佛光雪景让人充满无限遐想！

短短几天行程，虽然是蜻蜓点水但也了却心愿，尽管是走马观花但也心旷神怡。默默地说请记住老李，这个地方我还会来的。

在回邢的路上顿悟有三：一是经常说的有啥别有病！真是太对了（不要说摊上大病大灾，即使是头疼感冒手麻腿疼也会让你心烦意乱），本人十几年行动不便体会犹深；二是自由比健康更重要！无论你是高居庙堂还是腰缠万贯，如果病魔缠身或是身陷囹圄，不能自如行动，一切都是枉然；三是没有朋友很可悲！但凡正常人都应该有朋友尤其是知心朋友，但有的人在其大权在握富可敌国时，高朋满座门庭若市，但不在其位穷困潦倒时，却不曾见几人是朋友。我说的朋友是指你的喜悦可以共分享，你的困难可以共分担，你的美酒可以共畅饮。如是乃人生一大幸事！

大美湖北。

大美中国。

赞美自由。

赞美健康。

满洲里　北极村　哈尔滨

　　听说满洲里这个地方，是在 20 世纪 80 年代末，行至这个地方是在 8 月份。满洲里西临蒙古国，北接俄罗斯，是内蒙古自治区一个计划单列的县级市。被誉为"东亚之窗"。漫步在该市的二、三道街头，仿佛置身于异国他乡，哥特式的建筑风格，满大街的俄文字符和金发碧眼的俄罗斯美女，举目可见的漂亮城堡，仰望十几层楼高的巨型套娃，让你体验过呼伦贝尔大草原的雄伟壮阔之后，又体验到了一个不一样的风情世界。站在中国陆路口岸最大的国门前，心潮澎湃，祖国伟大、中国强大的自豪感油然而生！上有天堂下有苏杭，但也比不上满洲里的灯火辉煌！可想而知满洲里的夜景该是多么美妙。一个兼具中俄蒙三国风情的百年小城，一个色彩斑斓的童话世界，一个慢节奏的浪漫东亚之窗，以及精致的欧亚建筑，璀璨夺目的夜景，构成了满洲里悠闲自在的美丽画卷。

　　游览完满洲里，带着依依不舍的心情，沿着中俄边境公路赏羊群点点、骏马飞奔、蓝天白云、碧野绿草，看时隐时现的国境线（界桩、铁丝网），遥遥相望看不清楚的俄罗斯村庄驶向了北极村。

　　北极村位于黑龙江省漠河市，素有"金鸡之冠""神州北极"之美誉。在这里游览了最北一家人、最北金融机构、最北最美邮局……乘电瓶车绕村游览了一圈。找到了北，看到了金鸡之冠，烟波浩渺的黑龙江从村边静静地流过，品尝了用江水炖的江鱼，其味之鲜，其情之美真的无与伦比。遗憾的是此行没有看到气势恢宏、绚丽多彩的北极光。第二天驱车经漠河市宿呼中镇食嫩江水过齐齐哈尔市、大庆市，来到了有"东方莫斯科"之称的哈尔滨。

说实在话对哈尔滨充满好奇和向往，源于 20 世纪 80 年代初收音机里王刚播讲的长篇小说《夜幕下的哈尔滨》和郑绪岚演唱的《太阳岛上》，从那时起松花江、太阳岛、中央大街就印在了我的脑海！眼下终于如愿以偿了。

中央大街长 1450 米，宽 21.34 米，据说是用 87 万块石头铺成。坐落在大街 89 号的马迭尔西餐厅有着百年历史，不过今天来这里并未品尝西餐的美味，而是冲着马迭尔冰棍而来！尽管有点儿贵但还是一口气吃了三根。中央大街有着百年积淀的文化底蕴，别具一格的欧陆风情真的让你流连忘返。我们工行的一个网点就设在大街的 146 号。到了晚上大街上流光溢彩，游人如织别有一番特色，充分体现出旅游购物娱乐休闲的功能。翌日，"带着真挚的爱情，带着美好的理想，我们来到了太阳岛上"。太阳岛水光潋滟，花木葱茏，景色宜人，有诗为证：

> 垂钓桥边杨柳依，
> 亭旁水浅鲤鱼肥。
> 儿童不解渔翁意，
> 大叫一声惊鸟飞。

近看松花江，江水缓缓流动，江岸垂柳依依，虽然江水不像黑龙江水那样清澈，但仍然能想象出它那一江锦缎和舞动白帆的影子。

在哈尔滨专程拜访了曾在邢台分行现在黑龙江省行任职的老领导！在夜幕下的哈尔滨，在温暖馨香的酒店，在绵绵细雨的陪伴下，我们把酒言欢，共叙桑麻，其乐融融。尽管他在邢台任职时间不长，但凭着他的睿智、豁达及高超的领导智慧赢得了大家的爱戴！

再见！满洲里——东亚之窗。

再见！北极村——金鸡之冠。

再见！哈尔滨——东方莫斯科。

再会！尊敬的——老领导。

赴陇看同学

两山一河约相见，
同窗友谊永不断。
中华摇篮黄河川，
敦煌莫高世界巅。
鸣沙山依月牙泉，
驼铃声声沙潺潺。
冀陇虽隔千里远，
同学情深心相连。

2017 年 10 月 18 日

沁园春·云南大理丽江游

春城昆明，
金马碧鸡，
花卉闻名。
游彩云之南，
流连忘返；
四季如春，
风和天蓝。
香格里拉，
世外桃源，
大小石林真叫美。
泸沽湖，
群山中环抱，
云蒸霞蔚。

站在蝴蝶泉旁，
爱情故事感动鹏郎。
观三塔倒影，
永镇山川；
大理王国，

风花雪月。
玉龙雪山，
晶莹剔透攀登难。
洱海边，
风光多旖旎，
再见云南。

2018 年 12 月 12 日

情游牡丹园

牡丹园中赏牡丹，
缘遇同窗好心情。
年年花开花相似，
其实人人境不同。

千年国色世称奇，
柏乡汉牡无人替。
若能言语应倾国，
朵朵鲜花都动人。

2021 年 4 月 24 日于柏乡

塞上江南　神奇宁夏

　　7 月，利用休假时间一行四人，前往宁夏银川市看望荣调该市工作的一位亲人，大致领略了塞上江南的美丽和神奇宁夏的风光。

　　宁夏回族自治区东邻陕西，西和北边接内蒙古，南连甘肃。其人口和所辖县（市）数量与我们邢台差不多，但是它的面积要比邢台大得多。

　　这里除了奔腾而过的黄河，更有独具魅力的景区。银川市的中阿之轴、中阿之门、凤凰大桥、新月广场等让人目不暇接；到沙湖景区，看万亩荷花，走大漠丝路，赏尼罗河的风情沙雕让人流连忘返；游沙坡头 5A 级景区，驼铃阵阵，鸣沙潺潺，乘上缆车一跃黄河两岸，令人心旷神怡，好一派"大漠孤烟直，长河落日圆"的景象；漫步西部影视城，宛如行走在历史的长卷中，悠长的岁月给予其厚重的历史感，扑面而来的是那古朴的淡定，张贤亮题写的"聚山川雄豪之气　集歌视艺术之宝"苍劲有力，大气豪迈；中卫市的硒砂瓜，因生长在砂石缝间，所以硒含量和维生素 C 含量极高，它果肉鲜红，瓤甜爽脆，因旱而兴，因雨而丰，全国独一无二。

　　去吧，朋友们！去宁夏走一走。这里的人们热情好客，勤劳朴实。在其 680 多万人口中，据说我们河北人就有 40 多万。

来吧,朋友们！来宁夏看一看。塞上江南名不虚传,贺兰山下,黄河岸边,天蓝蓝水茫茫,风吹芦花鱼米乡,不是江南胜似江南,风城这边独领塞外好风光。

2019 年 10 月 23 日

巍巍大兴安　梦幻阿尔山

　　"巍巍大兴安，梦幻阿尔山"是中央电视台的一条广告语。大兴安岭位于内蒙古自治区的东北部、黑龙江省的西北部，长度大约 1400 公里，宽度二三百公里，阿尔山就是藏在深闺的一位曼妙少女。

　　8 月中旬与好友一行五人，驱车从张家口市大境门出发，游过 132 公里的草原天路后一路北行，午餐于锡林浩特，夜宿在霍林郭勒，行程 1200 多公里来到了中国最美森林旅游景区——阿尔山。

　　走进阿尔山映入眼帘的是：温泉、矿泉高山湿地、河流、湖泊、峡谷奇峰、松柏苍苍、流水潺潺，真是风景如画美不胜收。站在不冻河旁，听导游介绍，即使严冬来临周围环境处于零下 40 摄氏度以下的气温，唯这段河流依然热气腾腾，流水淙淙，令人称奇；漫步石塘林，如置身于一个迥异的神奇世界，黑色的石海怪石嶙峋，奔涌的浪涛起伏追逐，石与林相依，花与草相融，站在三潭峡前，一股清凉扑面而来，流水落差激起的浪花唱着歌儿流向远方；拾级而上，端看驼峰岭天池，宛如待嫁的美丽少女向游人含羞微笑，池水蓝蓝，蔚为壮观。游兴正浓忽然下起了小雨，眺望雨中的阿尔山云海浩瀚，雾气氤氲，小火车、杜鹃湖、龟背岩等景观尽收眼底，又是一番美妙的模样，尤其是相依相爱的夫妻树，同根两杈的兄弟松与云雾相互辉映，让人切身感觉到天人合一的大自然之美！再看看养眼的火山口湖等自然景观更是令人流连忘返……壮哉！大兴安！无边临海莽苍苍，拔地松桦千万章。

美哉！阿尔山！层林尽染秋色浓，景誉天下美名扬。

2019 年 8 月 23 日

游春田公社

油菜花海迎宾客，
火车隆隆载亲朋。
花开丽人惹人醉，
乐园戏水不思回。

春风拂面，春意盎然，正是踏青的好时光。今天特向朋友们推荐一个好地方——城市里的农家乐园，农家乐园里的城市。有道是：

春风春意春田好，
赏花戏水公社美，
——春田公社好美。

2018 年 3 月 26 日

抒
怀
篇

娘

　　农历 2017 年正月初六 19 点 30 分，慈母走完她 89 年的人生路程，安详地走了。却给我留下了无限的思念和无尽的悲痛。

　　她走得很安详但也很突然，上午她还热情待客，谈笑风生；她还到兴台古镇游玩，兴高采烈，她还安排正月十六与我三个姐姐见面的事情。仅仅隔了几个小时就倏忽离世，阴阳两隔了。顿时，我感觉天旋地转，心力交瘁！我不相信我的眼睛，我不相信我的大脑，这难道是真的吗？娘、娘……她再也没有睁开眼睛看看我，再也没有答应我的呼叫声，怎能不教人肝肠寸断、悲痛欲绝！

　　我的母亲是一位平凡而非凡的母亲，说平凡她就是一位普普通通的农村妇女；说非凡在于她有睿智的思维，宽阔的胸襟，她含辛茹苦养育了 6 个子女并教会他们如何做人处世，她赢得了乡邻及亲朋的爱戴和尊重。

　　我的母亲一生俭朴，一世辛劳，一生磊落，一世明白；她乐善好施，思维缜密，她性格刚毅，疾恶如仇；她不识字却有文化，"能吃锅头饭不说过头话""杀人不过头点地，得让人处且让人""不做亏心事不怕走夜路""清晨早起念佛经，眼明腿快脚扎根"都是她经常说的话。她能一字不落地背过《金刚经》《大悲咒》。我的母亲像首诗，写满了勤劳、坚毅、善良和自豪；她给我的爱大无边，像大海一样的深，像阳光一样的暖，像一缕春风自然清新。

　　"慈母手中线，游子身上衣。临行密密缝，意恐迟迟归。谁言寸草心，报得三春晖。"每每读起孟郊的这首诗，立刻就想起母亲的音容笑貌和期待的眼神，我从牙牙学语、上学上班到娶妻生子从未离开过母亲的视线和牵挂，这份沉甸甸的母爱有谁知道她的分量？又有谁能够真正偿还呢？我不用偿还了，因为母亲走了，母亲生我时剪断的是我血肉的脐带，这是我生命的悲壮；母亲升天时剪断的是我情感的脐带，这是我生命的悲哀！母亲走了，留下了永远的怀念和无穷的惆怅。小时候，回家的第一件事就是找娘，进家的第一句话就是喊娘；长大了，踏进家门的第一件事依然是找娘，就是这样无论何时何地何种身份，年复一年只要回家了仍然先喊娘。如今娘不在了，她驾鹤西去了。娘……您还听得到儿子在喊您吗？

　　人们常说娘在，家就在；娘在，兄弟姐妹是一家，娘不在，兄弟姐妹是亲戚；娘在，家乡是老家，娘不在了，家乡就变成故乡了。回家的次数也会越来越少了。

　　一位学者说过，所谓父女母子之间你和他的缘分，就是今生今世一次又一次地目送他的背影渐行渐远，你站在小路的这一头，他走在小路的转弯处并且扭回头轻轻地说："不要追！"人世间父女母子终有一别，但愿没有更多的遗憾和牵挂，让生者心安，逝者安息！说句良心话，母亲在世时，我自认为能为母亲做的都努力去做了，能为母亲想的都尽量想了。但还是生者不安，留下了遗憾！因为依母亲的精神面貌和身体状况，我坚信她能够长命百岁。所以我计划在她九十岁生日时，才为她献上一首陆树铭作词作曲的《一壶老酒》；我计划退出工作岗位后，依偎她身边为她端水做饭捶背洗脚；我计划尽快把腿疾打理好，与她一起享受"采菊东篱下，悠然见南山"的田园生活，甚至还可以陪她到附近的山和寺看一看，领略一下大自然的恬淡风景。这些计划，都定格在了 2017 年的 2 月 2 日，这一切都只能化作遗憾停留在我的心里。

"霜陨芦花泪湿衣，白头无复倚柴扉。去年五月黄梅雨，曾典袈裟籴米归。"宋末人士与恭写的这首诗，充分诠释了对母亲去世后的怀念之情。唯此，我要大声疾呼，朋友们，孝敬父母不能等待！母亲在时，"上有老"是一种表面的负担；母亲走了，"亲不待"是一种本质的孤单。再不要把"树欲静而风不止，子欲养而亲不待"当成名言挂在嘴边，再不要把"工作忙没时间回家"当作托词，再不要把"路途远不方便"当作理由了。贵在觉醒，重在行动。只要父母还在，就赶紧行动。子欲养而亲不待，子欲孝而亲走了，子欲敬而亲没了，你会追悔莫及！

父母在，人生尚有来处，父母去，人生只剩归途。

一声长叹，叹不尽世间母子情！

一声问候，娘，您一路走好！

2017 年 2 月 12 日

芳华无限

公文已发虽自由，
薪水锐减顿生愁。
多亏勤俭积余粮，
衣食住行方无忧。
南去天涯海角走，
北极村里结伴游。
观鱼赏花荡墨舟，
推杯换盏会老友。
心悦体健精神抖，
芳华无限乐悠悠。

2020 年 8 月 27 日

贺八十寿辰

美酒迎贵宾，佳肴待高朋。五月初五到，宾朋开怀笑。今天我们在辰光大酒店欢聚一堂，热烈祝贺赵老先生八十大寿！

请允许我代表老寿星及其家人对各位亲朋的光临，尤其是来自鹿城包头市、古都西安市、泉城济南市的亲戚们表示衷心的感谢和诚挚的欢迎！

大家知道，今天是一个非常特殊的日子，既是赵老爷子的八十寿辰，又是全国人民都要祝贺的日子——五月初五端午节。

受人尊敬的赵老先生戎马二十载，转战苏豫皖，立功无数次。也经历了八十年风雨，八十年征程，八十年人生，八十年经纬，饱尝了世间的酸甜苦辣。他目睹了社会的沧桑变迁。他赢得了亲朋的爱戴，同事的尊敬。他培养出了优秀的儿女。可谓是俯瞰人生八十年，为国为家到华巅，丹心不贰图家兴，鞠躬尽瘁志不移！为此我代表在座的各位祝老寿星德如膏雨都润泽，寿比松柏永长春。

百善孝为先，常回家看看，朋友和为贵，要经常走走。在今天这个幸福快乐的时刻，我也衷心祝愿各位友谊天长地久，地久天长！祝愿各位的家庭幸福安康，安康幸福！

2013 年 6 月 12 日

贺　满　月

　　金秋十月，丹桂飘香。今天我们大家在这里欢聚一堂，热烈祝贺郭先生夫妇光荣晋级！

　　花开的声音春知道，幸福的喜悦心知道，我想现在的郭先生两口子的感觉应该是快乐的心情无以言表，内心的喜悦挂在了眉梢！

　　我代表郭先生全家对各位的光临表示衷心的感谢和热烈的欢迎，同时再次代表各位对郭先生光荣晋级荣升姥爷宝座表示真挚的祝贺。最后把一副对联献给郭府，上联是"看今朝我们国家和谐发展，工行股改上市，员工盼望奖金多多"；下联是"展未来咱们宝宝茁壮成长，前程光明似锦，奋发有为其乐融融"；横批是"喝好吃好"。

贺李先生七十大寿

十月初六美酒飘香，四方亲朋欢聚一堂，热烈祝贺李老先生七十大寿！我代表李老先生及家人，对各位的光临表示衷心的感谢！同时也代表在座的各位向老爷子献诗一首：

人生易老天难老，
岁岁平安，
月月平安。
余年欢度好日光，
一年一度来相聚，
今天高兴，
天天高兴，
儿孝女顺乐开颜。

愿我们在座的各位，一声问候醇浓依旧，友谊相守不离左右！

贺 新 婚

又是一年春绿草，又是一度春花开。沐浴着和煦春光，我们相聚在春色飘香的同聚德饭店，热烈祝贺王先生和崔小姐的新婚之喜！

我首先代表崔老先生对参加喜宴的各位表示衷心的感谢！同时也代表新婚燕尔的夫妻对大家的光临表示热烈的欢迎！并蒂连理枝，比翼双飞鸟。佳丽伴帅男，伉俪情更深。请允许我代表在座的各位祝愿小两口琴瑟同弦，鸾凤和鸣，执子之手，与子偕老，但愿小两口能够牢记父母情不忘父母恩，孝敬双方的父母。工作上比翼双飞，生活上互相体贴，思想上经常沟通，学业上共同进步。齐心协力，团结一致，在遵守基本国策的前提下，与时俱进与日俱高，为王崔两家人丁兴旺，加快步伐，快出成果！

我再次代表老两口和小两口，愿在座的各位吃出幸福，喝出快乐，心情好胃口好，吃吗吗香，干啥啥中，最后一个词：喝吧！

回忆我四十年以前的一些事

　　我是 1979 年从南和一中高中毕业后，考上邢台地区财贸学校的。回想当时接到录取通知书后的心情既高兴又不高兴！高兴的是从此可以离开家乡吃上商品粮，不用面朝黄土背朝天拉锄沟地了；不高兴的是考上的是一个中专学校。照几位任课老师讲，依我平时的成绩应该考个大专以上的学校上上！加之我们班考上省内大学的不用说，还有两人考上了北京大学，两人考上了北京政法学院（中国政法大学），一人考上了北京师范大学。于是老师建议我当年别走，再复读一年考考，后来经过家人和本人的再三思量，还是决定中专也上吧！万一复习一年连这个校也考不上呢？

　　10 月初，背上行李提个网兜，花 9 毛钱买了张长途汽车票，只身就来邢台上学了。说心里话长这么大，也是头一次出这么远的门（之前从未到邢台来过），所以既兴奋又紧张。哪像现在的孩子们就是在家门口上个小学中学，家长们还前呼后拥，更别说去外地求学啦！

　　1979 年财贸学校招生 240 多人，分成了 4 个专业班，即商业、供销、粮食和银行。我被分到 36 班银行专业，全班共 62 个人，其中女生 12 个人。后来又了解到因为是恢复高考的第 3 年，所以我班同学年龄差距很大，最大和最小相差 10 岁左右，就连我们的班主任比我班有的同学还小。

记得当时我被班里评为每月拿 12 元助学金的标准，也就是说每天 4 毛钱的伙食费。为了节省 4 毛钱不惜每周六下午借自行车骑三个小时回南和史召老家，次日下午再骑三个小时返回学校上晚自习。两年下来不但没向家里要过钱，因退饭票还攒下了 20 块钱，为姥姥和母亲分别买了一件衣裳。

话说到了 1981 年 9 月，我被分配到中国人民银行邢台市支行营业部（现在叫工行邢台新华支行）工作。说到这里再讲一个小插曲：1981 年毕业离开学校时专业老师告诉我，若到银行上班做信贷工作比其他工作更有干头，因为当时银行内部业务主要分计划、信贷、会计、出纳和储蓄五大块业务，不像现在设了这么多的部门。所以就很向往信贷工作，且渴望分的工作单位离家乡近一点儿，好为家里买个平价化肥、农药，甚至能买上凭票供应的自行车、缝纫机什么的……可是当到人行南和支行报到时，银行领导却说，看你字写得不错到储蓄股上班搞宣传吧，我当然很不乐意。于是经过努力弄了个二次分配，才如愿在市支干上了信贷工作，这一干就是 30 多年，再也没有离开过大信贷专业。说来惭愧，虽然在银行干了一辈子，但一直与会计出纳储蓄工作无缘！

见习一年后即 1982 年 10 月，我被定级为行政 24 级，月薪 42 元整。虽然挣得不多，但绝对丰衣足食，尽管干活不少，但绝对快乐充实。参加工作后还有两件事记忆犹新：一件是因为是干部身份，所以不光自己生病住院吃药费用全报，就连自己父母此类费用支出也能报销百分之五十；另一件就是因邢台离我老家距离已超过 30 公里，所以我可以享受四年一次的带薪探亲假。

2021 年 3 月 2 日

活在当下

谁人背后无人说，哪个人前不说人。无论你多么善良多么正直，都会被人说长道短。不管你是多么优秀受人爱戴，还是品行不端千夫所指，最终都逃脱不了死亡的命运。

金银财宝人人喜欢，功名利禄个个向往。但它与能健康地活着、自由地行动相比，与没牢狱之灾、没病痛之苦相比，什么都是浮云。尤其是像我们这些已活了多半辈子的人，更应该明白这个道理。所以说你的知足就是最大的幸福，你的存在就是最大的快乐。努力做到"君子量不极，胸吞百川流"。看山是山看水是水，不去攀比不去比较。真正做到想开看开放开，而不要像有些人只是说在嘴上，其实闷在心里，自欺欺人，自寻烦恼！

作家余华在《活着》中写道："我们这一生谁没有被骗过，谁没有受过伤，身边来来回回那么多人，肉眼凡胎的我们，一时间也许看不清谁真谁假，分不清谁好谁坏。而要想看清一个人，都要经过时间的考验。久处后不离不弃的才算真心，患难时一直陪伴的才叫知己。真真假假，虚虚实实，你想知道的，时间总会在最合适的机会告诉你答案。"说实在的，一开始我也非常赞成余先生说的这段话。但是近一时期听到看到所发生的一些人和事，我又有新的感悟！我是说有的事和人多年以后，即使你知道了真相明白了事由又当如何？有的事确实已水落石出，可是为时已晚，有的人确实已经醒悟，可是早已时过境迁，有的本该到了颐养天年的时候了，却撒手人寰。为此本人的体会是，在你生命的历程中，千万不要挥霍缘分，玩弄人心。只要你真心诚心对待朋友对待亲人，你一定会获得珍贵的友谊和亲情。

看着周围的同学同事同乡及一些熟悉的人越来越多地离去，感慨万千！所以我们应更加珍惜余生。憧憬新时代伟大民族复兴的盛况，尽享祖国繁荣富强的雨露。

活在当下比啥都强！

2021 年 8 月 4 日

结婚三十年感言

日月轮回，落花流萤。一晃我和爱妻结婚三十周年了，也就是人们通常说的珍珠婚。值此三十年纪念日来临之际，首先请允许我发自内心地说一声：孟艳玲，我的爱妻，I love you，并对各位能够相邀莅临见证和祝福，表示衷心的感谢，也诚挚地祝福各位夫妻恩爱、绵久百年！

结婚三十年，工作家庭，酸甜苦辣，风风雨雨，我们相伴相随；结婚三十年，育儿养老，柴米油盐，磕磕绊绊，我们任劳任怨；结婚三十年，我们从拥有唯一的家电——荷花电扇，到如今拥有了自己的房子、车子和可爱的儿子；结婚三十年，我们的家人给予了亲切关怀和充分理解，我们由衷地感谢父母和家人；结婚三十年，我们的朋友给予了无私帮助和十分信任，我们心存感恩、永远铭记。

在人生感情的庄园里，爱情是花，亲情是树，友情则是花前树下遍布的绿茵。一个能拥有爱情、亲情、友情的人生世界，才是灿烂的、幸福的。我俩现在就生活在这灿烂的世界里，徜徉在这幸福的海洋里。

三十年，在历史的长河中，不过是天空划过一颗流星那样短暂，不过是大海里的一滴水那样微不足道，但若放到人生当中，却值得珍惜！任何一对夫妻都难免因琐事而闹矛盾，如何闹而不伤感情呢？我的经验有两点：一是深吸一口气、从一数到十，降降火、再说话；二是不要搞人身攻击，专揭对方心痛或有忌讳的话打击对方。如您觉得有道理，那就共勉吧！

关于爱情，每个人有每个人的理解。自认为，真正的爱情并非要生死相许，而是在白头到老之际，仍能相濡以沫。关于爱一万个人有一万个定义，但我认为真爱从来都是体现于行动上，只要信任、理解、沟通、包容，什么事情都可以搞定！一句温暖的话，一个温馨的笑，下下厨房做做饭、拿起拖把墩墩地，这是爱的表现。说句实在话，近十几年由于众所周知的原因，我在家什么家务活也不干，好在我能坚持及时汇报思想、汇报工作、汇报生活，尽管如此，我还是有愧于我的妻子有愧于我的家人，在此劳驾各位鼓鼓掌，献给我的妻子，以表示我对她的爱意和歉意！

岁月无情，天地可鉴。无论所求的事业成功与否？无论对家庭的贡献多与寡，风景年年依旧，日月天天转动，谁也不能从头再来说下辈子再好好地偿还你、报答你，那只是骗人的鬼话！我们要做就做在当下，用心爱人，时时刻刻关爱家庭，多说一句感谢的话，多做一件温暖的事吧！

又是一年芳草绿，又是四月芳菲尽。在这春光明媚的季节里，祝愿各位珍惜爱情、珍惜亲情、珍惜友情，都能执子之手行走岁月，历数四季轮回，共赏春夏秋冬！

2015 年 4 月 30 日

今年五十七

时光匆匆，岁月悠悠。转眼春节就要到了，一晃我已 57 岁了。此时此刻心潮澎湃，感慨万千。回想自己浮生沧桑酸甜苦辣的 57 年，有好多往事历历在目，记忆犹新。有过无奈和苦涩，有过快乐和纠结，有过无悔和后悔……但每每看到或想到爱我和我爱的亲朋们，一切都烟消云散了。前几年在朋友们的见证下，我写了 50 岁感悟，说过 54 岁情怀。写过的和说过的在这里就不再重复了，我定会遵守承诺和兑现诺言。

今天之所以还想啰唆几句，主要是因为 2020 年是一个不同寻常的年份！对国家来说，是具有里程碑意义的一年，因为这一年将全面建成小康社会，实现第一个百年奋斗目标；对我个人而言，也是非常有纪念意义的一年，因为这一年我 57 周岁了，依照惯例就要离开工作 39 年的职场了。说心里话马上离开工作单位真有些不舍，但是铁打的营盘流水的兵，谁不离开也不行！正所谓"人面不知何处去，桃花依旧笑春风"。尽管物是人非，但愿友谊长存。最后默默地祝愿我工作的单位越来越好！祝我的同仁们收入越来越多！祝我所爱的朋友心想事成！

大树之间根相连，朋友之间心连心。在新春佳节即将到来之际，衷心祝愿年长些的朋友能够洗尽铅华，轻度流年，身体健康，精神愉快！祝愿年轻些的朋友能够只争朝夕，不负韶华，砥砺前行，梦想成真！

　　桃李不言，下自成蹊，牵挂无语，默默情深。大家知道美好的友情就像一缕芳香沁人心田，会把你引向清新的世界，带向美好的未来。为此我希望我们不管是现在还是将来都要守护好今天的友情，不管风雨来不来，更加珍惜拥有的友情。走过坎坷方知平安是福，尝过苦痛方知平淡最真，经过风雨方知朋友最诚。从今天开始我们为追求共同的向往和理想而一路相伴，努力奋斗。最后与大家分享一首网络上的打油诗：

　　　　人生不再初相逢，
　　　　洗尽铅华也从容。
　　　　年少谁无凌云志，
　　　　平安一生也英雄。

　　　　　　　　　　　　　　　　　　2020 年 1 月 19 日

今天来相会

亲爱的朋友们

今天来相会

端起了美酒杯

未喝心已醉

日月如梭岁月滋味

我们扪心不后悔

大声说开怀笑

酒香缠绕着思念飞

再过二十年

我们再相会

那时的你和我

身体健康精气爽

壮丽山河时代欣慰

伟大的祖国更加美

人亦老情未老

友谊的长城永不倒

2020 年 4 月 13 日于史召东林

居家七天

疫情倏袭冀中南，
响应号召居家中。
闭门谢客自己侃，
心里焦虑甚忧忧。
读书三本不释卷，
饮酒三瓶兴未有。
全力以赴驱疫散，
喜迎春节乐悠悠。

2021 年 1 月 16 日

老了兄弟　珍惜友谊

时光悄悄地过去

留下难忘的记忆

回头看看我的兄弟

大多到了退休的年纪

甚至有的过了甲子

有的已逾古稀

青春早已不在

中年只是印迹

剩下的只有去追忆

生于四十、五十、六十年代的兄弟

这辈子过得不容易

生活中体会了酸甜苦辣

工作上经历了喜怒哀乐

不仅磨炼了意志

同时培养了坚强

春夏秋冬

风花雪月

世态炎凉

人情冷暖

见证了兄弟在成长

兄弟这辈子没啥过不去

吵吵架拌拌嘴偶尔的争执

不过是浩瀚大海中泛起的浪花

人过留名雁过留声

坦坦荡荡过一生

兄弟一辈子

来生未必遇

不如现在找空闲

经常聚一聚

喝点小酒聊聊天

清茶一杯润心田

金无足赤人无完人

人各其美美美与共

生活没有模板

只需心灯一盏

多些理解少些抱怨

宁静方致远

兄弟这辈子

真的不容易

我们都老了

时时要注意

余生安好保重身体

互相关照珍惜友谊

2021 年 4 月 29 日

联系　变化

　　说联系。好的关系都是联系出来的，交往出来的（包括情和谊）。好朋友多联系，才会有更多的共同话题。再深的感情，再好的关系，你不联系，我也不联系，就会随着时间淡化疏远，慢慢地也就不想联系了，最后也就没关系了。一般关系，你不联系他，他不联系你，渐渐地就成了回忆，甚至连回忆都不曾留下。

　　说变化。古往今来，多少情谊，始于交心，止于财帛，终于变化。环境不同，难以共融。地位不同，难以共事。少年闰土朴实机灵和鲁迅成了亲密好友。可事隔多年相见，闰土毕恭毕敬的一句"老爷"，打破了鲁迅的幻想。昔日同窗，数年以后，一个成了公司老总，一个成了作坊工人，自然难以称兄道弟。曾经的闺密，数年以后，一个成了政府官员，一个成了超市服务员，自然难以结伴同行。时间在变化，岁月在变迁，人们的观念在变，人们的关系在变。我的观点不是绝对的，但是普遍的！这个你晓得！为此，在这个善变的年代，向那些能包容不计较，还常来往没变化的人们致敬！

2021 年 7 月 30 日

岁月静好

一纸公文身自由，
回归田园也风流。
落笔云烟心中暖，
探亲访友白云边。
爬山观水赏蓝天，
饮酒玩牌上西楼。
桑榆不晚何须愁，
东隅招手愿尔留。

2020 年 3 月 13 日

燕赵白衣天使凯旋

新冠病毒虐江城，
万众一心战疫情。
瘟疫肆虐逞凶狂，
白衣天使壮哉行。
舍生忘死终不悔，
大爱人间献真情。
燕赵儿女多奇志，
抗疫凯旋留美名。

2020 年 3 月 18 日晚于燕云台

生日感言

日月新天地，一年又一春。旺狗贺岁，再过五天新的一年真的开始了，我首先代表全家提前给大家拜个早年，祝大家狗年吉祥，一切顺意！

五十多年来，我感恩父母，他们的勤劳、善良、正直、豁达一直陪伴我生活和成长；感恩其他的亲人们，他们给了我无私的帮助和支持；感恩我可爱的家乡，那里民风淳朴，地美人好；感恩伟大的祖国和光荣的党，她使我们的生活充满阳光。

四十多年来，我感恩我的老师，他们给我传授了知识和做人的道理；感恩同学和朋友给予我真挚的友情。

三十多年来，我感恩我相濡以沫、风雨同舟的老伴，她给予我无微不至的关心，使我对生活充满期待，感恩善良孝顺的儿子，他使我对未来充满希望！感恩我的同事和弟兄们，因为一路有你而精彩，因为一路同行而自豪！

祝愿亲朋好友幸福，身体安康！盼望各位心想事成，梦想成真。我只愿我们的友情朴实无华与天地同辉；我只愿朋友们春风满面，春风得意；我只愿春暖花开，面朝大海！

2018 年 2 月 10 日

说说守时

　　守时，简单地说就是遵守时间，准确地说就是遵守规定的或约定的时间。

　　古往今来，因不守时而贻误战机损兵折将、因不守时而错过商机血本无归的案例太多太多了，在这里不往深处说了。今天仅说说日常的守时问题！

　　守时既能体现一个人的道德水平和行为习惯，又能体现一个人的教养和品质。在日常生活和工作中，有的人就是没有时间观念，不论是上班、开会，还是一起聚餐、出去旅游，明明提前约定好了时间，他却总是迟到几分钟十几分钟甚至更长时间。说实在话，对于这种耽误别人时间的行为，我是非常反感的。如果说偶尔一次两次没守时，可能是由于特殊原因所致，也是情有可原的，而有的人几乎每次都不守时。在这里我不想把不守时与不靠谱、没准头联系在一起。但我相信绝大多数人更愿意与能守时会守信的人打交道、交朋友、做事情的。既然提前约定好了时间，就应该把能考虑的不利因素都考虑进去，做到按时到达，而不应再找天气原因、交通环境等理由而不守时。平心而论，对于这样的人我是有所担忧的！我可以等你，可是时间会等你吗？机会会等你吗？领导和其他人会等你吗？

　　守时就是守信，它能说明你的态度，它能代表你的风度。守时就是尊重自己更是尊重他人，一个人高贵的品质就可能蕴含于这样的小事之中。让我们共同做一个守时的人，做一个守信的人，做一个被人尊重的人吧!

2020 年 11 月 18 日

说说我的优点

活了多半辈子，突然想对自己的优点和缺点做个评价。自认为优点和缺点应该是 51 比 49。今天先不说 49 的缺点（因为大多是自病不觉、自以为是不好评价），只说说 51 的优点。

（一）我是一个守时守信的人。从 8 岁上学至今，无论是上学、开会，还是出门旅游，参加婚丧嫁娶，就连业余时间参加打牌娱乐活动都很少迟到。帮朋友办事能否办妥？行与不行？都会及时答复。从未言而无信或石沉大海！借钱借物，严守承诺，按时归还。因为守时守信是一个人最基本的品质。一般说来，能够守时守信的人是靠谱的，是值得信赖的。

（二）我是一个正直、讲义气的人。回望过去，虽然没有为朋友两肋插刀之壮举，但确有为同学为同事为朋友排忧解难，甘愿承担风险之行为。直到如今，因为帮助朋友还钱，自己尚负债缠身。言为心声，语为人境。四十年来，无论对领导还是对同事，有一说一从不揣着掖着，因此也得罪了不少人。但扪心自问，无怨无悔。因心无杂念，忘我兼忘世，倒落得个身体健康，心情愉悦的结局。

（三）我是一个豁达包容的人。回望四十年的工作历程，损人利己，落井下石的事从来没干过。即使对自己有成见有看法有妄议甚至有伤害的人，也从未较真地报怨报复过。想一想无非是工作上意见不一致，行为或说话上的看不惯！根本没有什么深仇大恨。自当对方可能不了解实情或许他那样做也有他的难处！凡事不顺，反躬自省。多设身处地换位思考一下，一切皆通。没必要斤斤计较，耿耿于怀。徒然恼了自己难堪了别人。

（四）我是一个知恩图报的人。从上学到参加工作，凡是对我有所帮助的人，我自始至终做到念念不忘，日日牢记。只要对方有需求我都能全力以赴尽我所能。

（五）我是一个孝悌忠信、乐于助人的人。百善孝为先，父母在世时，我始终信奉出门求神拜佛不如在家好好孝敬父母的理念。所以真正做到了孝敬父母，尊重兄长，与姊妹和睦相处。因此也得到了乡亲邻里的好评。助人为乐是中华民族的传统美德，四十年来，我一直秉承这种精神，只要同事同学亲朋好友家里遇需要帮忙之事，本人乐于奔波此中。

综上所述，大有王婆卖瓜，自卖自夸之嫌！其实我真实的想法是，期盼在社会中、单位里、朋友间能够多一些有这样优点的人。如此，社会会更和谐，家庭会更幸福！

2021 年 7 月 8 日

退出了职业生涯　没有几人记得你

"悄悄的我走了，正如我悄悄的来；我挥一挥衣袖，不带走一片云彩。"由诗人徐志摩《再别康桥》的后几句诗联想到人们的职业生涯也不过如此！入职到退休，出生到病死，春夏秋冬，四季轮回这是自然规律；铁打的营盘流水的兵，一代新人换旧人，"千门万户曈曈日，总把新桃换旧符"这是不变的法则。

我个人的体会是，在你的职业生涯中，无论你是风生水起，官运亨通，还是冯唐易老、李广难封；一旦你结束了职业生涯，没有几个人还记得你！但是最好能做到以下三点：一是要有一个好身体。工作了几十年忙碌了几十年，退休了就要真正体会一把安享晚年夕阳好、合家欢聚庆团圆的乐趣，而不要因为身体不佳、心气不顺郁郁寡欢，别说出去游山玩水与友推杯换盏，就连出家门都不能自如行动，有的甚至没有多长时间就到那边报到去了。二是争取落个好名声。老话说，雁过留声，人过留名。工作了大半辈子，虽然做不到人人夸个个敬，但也不要落个让多数人都说你不行的下场！常言说，金杯银杯都不如口碑！如此起码让自己的家人自己的后人说得起话。三是要有几个好友。在职场混了几十年，虽做不到天下谁人不识君的辉煌，但也不要落得眼冷何曾见一人的凄凉！所以说，上班时在把工作干好的同时，也要靠诚心诚意靠日月沉淀交几位好友，退了有人可以拉拉家常说说话。

喝喝小酒叙叙情。

　　总而言之，一旦离开了职场谁还记得起你？所以我想告诉还在职场混的朋友们，如果能接受我以上的三点建议，你会终身受益，并成为一个幸福快乐的人。

　　　　　　　　　　　　　　　　2021 年 5 月 31 日

手　机

　　我拥有第一部手机是在 1995 年 9 月，当时的手机号码是 9028136。准确地说是我使用的第一部手机，因为手机是单位配发的，不是自己买的。想当初有两个印象：一是那个时候的名称叫大哥大不叫手机；二是大凡持有者不是个体老板就是单位领导，因为寻常百姓是买不起的。1995 年单位给买的是摩托罗拉 168 型号手机。回想起当年那个时候的心情，应该是心花怒放，兴高采烈！记得还专门买了个大哥大包，走到哪里就拎到哪里，生怕别人不知道自己有个大哥大。切身体验了一把腰挎 BP 机、手持大哥大的感觉！

　　随着时代的发展，科技的进步，手机这个东西从少数人持有到男女老少、各行各业人人皆有。手机得到了广泛的普及，它也由神秘变成了平常，也从神奇成了寻常。本人曾先后使用过摩托罗拉、爱立信、诺基亚、三星、苹果和华为品牌的手机，又从模拟机、数字机使用到现在的智能机。

　　不可否认，如今手机已经成为现代生活必不可少的重要通信工具和生活伴侣。从办公、聊天、炒股、阅读、结算……

　　总之，手机的确给人们带来太多太多的便利。可以说"一机在手，走遍天下"！

　　但就我观察的情况看却忧心忡忡，当然也可能是我杞人忧天，庸人自扰了。我要说的现象是，因走路玩手机、开车玩手机、消遣玩手机分散了注意力，意外事故时有发生，有的甚至失去了生命。又耳闻目睹不少中小学生因沉迷游戏而荒废学业，又有多少人因依赖手机而让听力视力体力下降明显，即使与家人在一起，也是机不离手自娱自乐，哪还有亲情友情。还有很多人因智能手机可以视频说话语音聊天，所以很少用笔写点儿东西，为此横撇竖捺早已忘掉，提笔忘字经常发生，一个学历不低的人写出的字"惨不忍睹"！字如其人已成了过往。

我倏然产生一个幼稚的想法，国家可否出台一项使用手机的规定，比方说，18 岁以下的人群不允许使用智能手机……我绝非因噎废食刖趾适履走极端，而是觉得如果这样做对国家的未来、对民族的希望还是大有益处的！你说呢？

2021 年 3 月 30 日

我的第一辆自行车

　　我是 1981 年 9 月中专毕业后，分配到邢台市银行工作的。由于工作性质的缘故，几乎每天都要到工厂去，比如要去位于市区东北方向的邢台市啤酒厂、邢台车辆厂，位于市区西北方向的邢台市玻璃厂、河北红星旅行车厂，位于西围城路的邢台市拖拉机厂、邢台电缆厂和建在三义庙村附近的邢台市造纸厂。近的几里地，远的二十多里，需要一辆自行车成为交通工具已迫在眉睫！于是在 1982 年的 10 月份，拿着单位开的介绍信经周股长联系，到邢台地区五金公司花 172 元买了一辆飞鸽牌自行车。

　　现在说起来这点儿钱不算什么，可那个时候我每月工资才 42 元。还记得当时全国流行四大名牌自行车即上海生产的凤凰和永久、天津生产的飞鸽和红旗。虽然那个时候已经是改革开放的初期了，但若能买上"三大件"（自行车、缝纫机、手表）也不是件容易的事情，因为没有关系没有票，一般人是买不到的！可想而知，当我骑上新车的那一刻，真的是如获至宝，四处宣扬。每天把车擦得锃明瓦亮，格外呵护！还用锡纸把三角大梁架包裹起来生怕碰着，有时遇上雨雪天还舍不得骑它。

　　改革开放四十年来，我国发生了翻天覆地的变化，各项事业突飞猛进，日新月异，物资丰富，应有尽有。别说自行车就连汽车也是几乎家家拥有。

可在回忆物资匮乏、供求不足的那个年代，展望物资极其丰富、应有尽有的当下的同时，又产生了一个愿望！就是虽然在那个年代物资不充裕，有的商品还要托门子找关系才能买到，但是觉得买得放心！因为那时候的商品都是明码标价，根本不用砍价。既不担心假冒伪劣也不担心价格欺诈！

2021 年 4 月 6 日

我家的第一部固定电话

    20 世纪 90 年代初，普通百姓家里能装上一部电话是一件很荣耀的事情。因为若没关系不但排号要等很长时间，而且初装费的价格也不一样。于是我托人花了 2200 元的初装费，在桥东区路家园的家里安上了第一部固定电话。初装电话，心里很美，喜上眉梢，无上荣光。在很短的时间内就告诉了能告诉的亲朋好友，我装电话了！一则想说今后咱们之间不论上班时间，还是下班在家 24 小时随时可以联系；二则也有炫耀的成分在里面。

    从装电话开始，基本上每天下班准时回家，盼望着接听个电话享受享受！殊不知那个年头，不是家家都能安得上呀，上班的时候单位的电话可以用，下了班很少用电话联系。于是乎为了充分发挥电话的功能，有时上班故意晚去会儿，也要从家里给上班的同学同事朋友打个电话过过瘾。说心里话，当时家里装个电话基本上是一个摆设，无非满足一下虚荣心罢了。后来没过多久，初装费取消了，电话普及了，几乎家家户户都装上了电话。不可否认随着电话的普及，确实给人们的工作、生活和社会交往带来了极大的便利，促进了社会进步，推动了时代发展。可话又说回来，自此，亲朋之间的书信往来，人们之间的走动也少多了，逢年过节即使相隔千山万水，也只打个电话互相问候一下完事。虽然省去了很多麻烦，可心里总感觉缺少了什么东西。人情味淡了！

亲情味少了！你说呢?

　　时间过得真快，社会变化真大。可能是人老的缘故，有时候真想回到那个家里没装电话的年代……

2021 年 3 月 25 日燕云台随笔

我 愿 意

我愿意和你一起生活
在那个小镇上
共享无尽的黄昏和绵绵
不断的思念
品尝你亲手擀的面条和
自制的小菜
坐在静谧的小院里
看看蓝蓝的天
和弯弯的月亮
谷雨前后撒下希望的种子
企盼金秋时节的收获
门前种种菜
院里养养花
享受一把"采菊东篱下
悠然见南山"的田园生活
不负时光
不负流年

2021 年 2 月 22 日

五 十 感 悟

　　世上自有人类便有了友情，友情是真诚与信任共同开掘的不竭之泉，是根源于大地的常青之树。我们每一次相聚，每一次努力，都是为了不断走近它，和您共品每一捧清流，共赏每一片绿叶。

　　五十岁了，最大的感悟就是心里空间大了，更容易和人相处，和生活相处。空间是一种境界，许多不切实际的渴望没有了，心也自然能静了下来。五十岁的另一个感悟就是故交如真金，百炼色不回，所以与其结新知，不若敦旧好；与其施新恩，不如还旧债。为此，今后的岁月，能为在座的各位亲朋尽其所能，倾其薄力，服点儿务我就心满意足了。相知无远近，万里尚为邻，因为我们是相交于情、相随于义的朋友，所以我们应该做到，胜则举杯相庆，败则拼死相救。大家知道选择一个朋友，就是选择了一种生活方式。因为朋友是血，流淌心田；朋友是缘，一世相牵；朋友是路，越走越宽！

　　五十岁了，回顾走过的路，回想做过的事，依然以追求"多沟通、善交流、增友情、共发展"为己任，我自认为是个豁达的人，为此永远追寻豁达、诚信、正直、义气，向往光明！

　　五十岁了，虽然目前未能健步如飞的行动，但我却得到了一位好妻子，一个好儿子，一帮好朋友，一生足矣！新年伊始，万象更新。新的一年你我与友情同行，谨祝各位亲朋新年新感觉，新年新收获，新年新变化，身体安康全家幸福！

最后为陪伴我二十八年的爱妻敬送对联一副：

上　联：　二十八年光阴　养儿敬老　柴米油盐　苦亦恩爱

　　　　　甜亦恩爱　磕磕绊绊　无怨无悔

下　联：　二十八载岁月　工作家庭　酸甜苦辣　顺也幸福

　　　　　逆也幸福　风风雨雨　相伴相随

2013 年 2 月 5 日

五十四感言

乾坤有序　宇宙无疆　昼白夜黑
日月如常　一年四季　春夏秋冬
五十有四　略有所悟　少小离家
四处求学　先至乡里　后到镇上
南和高中　邢台中专　完成学业
分配工作　人民银行　后改工行
虽未如愿　终吃皇粮　奋发图强
慎言善行　领过奖状　受过表扬
自由恋爱　修成正果　白手起家
丰衣足食　妻贤子孝　其乐融融
上有高堂　福寿绵长　兄弟姐妹
常来常往　生活充实　精神舒畅
身虽小恙　无伤大雅　苦辣酸甜
饱经沧桑　语为人境　言为心声
做人正直　磊落光明　与友交流
倾吐衷肠　为人仗义　爱憎分明
朋友同心　其利断金　坦诚交友
肝胆相照　祝愿各位　健康福瑞

2016 年 2 月 3 日

知 天 命

五十人生正妙，
半百岁月方始。
笑看云卷云舒，
静观日出日落。
永远记住朋友，
感恩心中长留。
钱塘茶宴欢乐，
佳肴诚谢宾客。

小时候的记忆

　　我的家乡位于河北省南和县最东边的史召李牌村。往东往北走不了几里地就是平乡县和任县的地界。小时候的记忆应该始于20世纪70年代初，大概八九岁的样子。当时，我村标志性的地方有防洪台、老歪坑、老坟滩、柏树坟、铁管井、马河窝、东傍河，还有公家办的供销社、饭铺、药铺和肉锅。只记得与同龄小伙伴放学以后，背着筐子不是去割草就是拾柴火，娱乐项目也就是投坷垃、打皮牛、推钢圈、弹玻璃球等。但心中依然充满快乐和幸福！哪像现在的小孩子，想吃什么想玩什么应有尽有，如果一不高兴撒个泼什么的，弄得好几个大人都束手无策。

　　小时候每到夏天来了，就去村南老歪坑的柳树上逮知了，或到积满雨水的坑里游泳扎猛子。大人们背上脏衣服到柏树坟或铁管井的机井去冲洗。秋天来了，面对黄的谷子，白的棉花，红的高粱……跑啊跳啊好不热闹，拔一棵葱摘一个茄子往裤子上一擦美美地吃起来。

　　那个时候，最盼望的日子有三个：一是生日，二是麦收，三是过年。因为过生日时母亲一定会煮两个鸡蛋给我吃；麦收时生产队有合垛仪式，要烙饼熬大锅菜可以美餐一顿，同时还可以弄点儿麦子去换杏、换桃吃；而等到过年时，不但可以穿新衣裳吃饺子，说不定还能挣上几毛钱的压岁钱。

说到钱，只记得那时最大面值就是拾圆，广为流传的是我国只有"十八块八毛八分钱"即拾圆伍圆贰圆壹圆伍角贰角壹角的纸币和伍分贰分壹分的硬币。那个时候如果谁兜里揣上五毛钱就是大富豪了，估计有拾块钱就能走遍河北省，反正那个时候名山大川、名刹古迹都不买门票。想想那个时候的钱真是太值钱了！

小时候最愿意干的一件事，就是能替家里到供销社买东西。一则赶上运气好时能把省下的一二分钱据为己有，二则可以路过饭铺闻闻那诱人的香味。说实在话那么多年只是路过驻足往里瞧瞧，从来没有进去过，哪像现在的孩子连德克士、麦当劳都不稀罕！

那个时候无论是取暖还是做饭几乎家家都烧柴火，从玉米秸、玉米芯、花柴、片柴到树叶、树枝、麦茬、麦秸等。每到做饭节点，炊烟袅袅，飘上房顶，冲上云霄。但是天还是那么蓝，树还是那么绿，就连东傍河也是潺潺流水，清澈见底。

那个时候买东西尽管都要凭票，但都是明码标价不用砍价，更不用担心商品的真假，你只要攒足钱买得起就成。再有乡亲们无论走亲访友还是下地干活，随便把门关一下就走，根本不用安防盗门和防盗窗，虽不说是夜不闭户路不拾遗，但真的不用刻意去防骗防诈。

我的家乡虽不是鸟语花香、桃红梨白，但也是土地肥沃、绿树成荫。有谚语"南和任县不靠天"为证。尤其是到了农历的八月十五前后，村外那一片片一行行的枣树上挂满枝头的红枣，就像一颗颗红宝石在阳光的照射下，发出迷人的光泽真是喜煞人也！"庭前八月梨枣熟，一日能上树千回"就是此景真实的写照。

这就是我小时候的记忆！这就是我可爱的家乡！

2020 年 3 月 23 日

战 胜 疫 情

病毒肯定战胜，
疫情烟消云散。
春暖花开大地，
吉祥洒满人间。

2020 年 2 月 23 日

致市区第一场小雪并胡老兄

星星点点落地化，
飘飘零零也是雪。
林海雪原把鱼涮，
弟兄情谊百年泽。

2020 年 12 月 2 日

二月初二龙抬头

二月初二龙抬头，
国泰民安好年头。
各位亲朋有盼头，
生活幸福有奔头。
工作顺利有干头，
好事多多无尽头。

2021 年 3 月 14 日

感　谢

双髋有疾十五秋

行动受限乐难求

南征北战觅良方

寻医问药路漫长

驱程万里千浪水

雨淋雪裹寒风吹

儿子孝顺妻慧秀

悉心照料度春秋

承蒙亲朋亦识君

馈赠温暖达千吨

尤帮毛助赴京都

积水潭内把疾除

好友深意磬如铁

今天迈步从头越

牢记感恩铭于心

余生回报候佳音

2018 年 7 月 1 日

中国共产党成立 100 周年

七月流火,艳阳高照。七月红旗,格外鲜艳。镰刀锤头,熠熠生辉。2021 年,中国共产党迎来了百岁华诞!一百年峥嵘岁月,一百年风雨兼程,一百年风华正茂,一百年辉煌成就。百年历程,青史可鉴。让天地震撼,令山河动容。

从上海的石库门到嘉兴南湖的一叶红船,从南昌武装起义向国民党反动派打响第一枪到井冈山革命根据地的建立,从长征的漫漫征程到抗日战争、解放战争、抗美援朝的炮火硝烟,中国共产党在艰难中成长,在磨难中壮大。

1949 年 10 月 1 日,毛泽东主席在天安门城楼上庄严宣告:中华人民共和国中央人民政府成立了!中国人民从此站起来了!一切为了人民,一切依靠人民,全心全意为人民服务成了中国共产党的根本宗旨。人民政府、人民医院、人民银行、人民邮政、人民公安……应运而生。

百年回望,百炼成钢。一百年,中国共产党完成了开天辟地、改天换地、翻天覆地、惊天动地的伟大历程,铸就了百年辉煌,彻底改变了近代以后中国积贫积弱受人欺凌的悲惨命运,使中国人民真正成为国家、社会和自己的主人。让世界刮目相看!

一百年,中国共产党带领全国各族人民从站起来、富起来到强起来,使每一个中华儿女头抬得更高,腰挺得更直。让国人平视世界！

百年沧桑，百年见证。只有共产党才能救中国，没有共产党就没有新中国。从 1949 年 11 月，中国共产党一声令下，立即查封和取缔卖淫嫖娼、吸毒贩毒、拐卖人口，1950 年全国剿匪除恶，哪一件不是中国共产党领导的结果！

看大江南北，风清气正，雷锋精神、铁人精神比比皆是；望长城内外，朗朗乾坤，夜不闭户，路不拾遗，蔚然成风。

回望百年，感慨万千。无论是我省 1963 年的大洪水，1976 年的唐山大地震，还是 2003 年世人罕见的 SARS，2020 年突如其来的新冠肺炎疫情。世界上没有任何一个政党，能像中国共产党这样领导全国人民全力以赴、众志成城战胜各种灾难，并在较短时间内恢复了人民生活和生产的正常秩序。

回望百年，毋庸置疑。中国共产党就是能，马克思主义就是行，中国特色社会主义就是好。从 2006 年废除延续千年的农业税，到成为世界第二大经济体，再到 2020 年全国全部脱贫。这是何等的气概，这是何等的伟业！必将彪炳千秋，载入史册。

"绿水青山就是金山银山！""江山就是人民，人民就是江山！"铿锵有力，掷地有声。为此，我衷心祝愿伟大的党青春永驻！伟大的祖国繁荣富强！伟大的人民幸福安康！

"雄关漫道真如铁，而今迈步从头越"。全党全国各族人民，满怀信心，坚定信念，牢记使命，不忘初心。不断增强"四个意识"、坚定"四个自信"、做到"两个维护"。在以习近平同志为核心的党中央领导下，为中国人民谋幸福，为中华民族谋复兴，坚定不移地奋进新时代，向着第二个百年奋斗目标阔步前进！

伟大的、光荣的、正确的中国共产党万岁！万岁！万万岁！

2021 年 7 月 1 日

清　明

又是一年芳草绿，
又是一年清明时。
扫墓祭祀，
缅怀祖先。
跪在父母坟前，
深沉感怀，
思绪万千。
他们音容宛在，
懿德长存。
培几锹新土，
插一束菊花，
寄托无尽的思念。
清明是慎终追远的日子，
也是一个感恩的日子，
又是人生省悟的日子。
你从哪里来到哪里去？
似已豁然开朗！
认知了清明，
就懂得了人生！

清明不仅仅是扫墓和缅怀，
更是一种传承和责任。
清明过后，
天气清澈明朗，
万物欣欣向荣。
愿天堂的亲人永无烦恼！
愿世间朗朗乾坤昭昭日月！

祖国六十九岁

东方巨龙，
初心永记牢。
双弹面世航母行，
祖国强大真好。
一九四九立成，
奋斗六十九载。
书写时代华章，
实现伟大复兴。

2018 年 10 月 1 日

重 阳 节

立春立夏重阳，
满园菊花金黄。
今天重阳，
故乡已无爹娘。
思亲念亲，
揪心裂肺断肠。

2018 年 10 月 17 日

三八妇女节

三月风景如画

妇女美丽如花

天下女人最美

巾帼不让须眉

愿朋友圈的女人们

青春永驻！幸福永存！

2021 年 4 月 4 日

植 树 节

　　三月来了，植树节到了。桃花红梨花白，百花争艳。站在桥头，眺望远方，思绪万千，儿时的记忆仿佛就在眼前……村南的老歪坑杨柳依依，随风摇曳，村东的留垒河河水潺潺，细细缠绵。再想想前几天我市下的第一场春雨又多么及时！真可谓"好雨知时节，当春乃发生。随风潜入夜，润物细无声"。春雨虽然知道自己的命运就是流淌，但它仍然心甘情愿地接受这种安排，曲折连绵，迤逦而来，即使粉身碎骨也要融入大地的情怀。

　　植树造林，功在当代，利在千秋。今天是植树节，让我们一起去植树吧！爱绿色，爱健康。因为绿色是希望的火焰，绿色是健康的源泉。

2021 年 3 月 12 日

致 除 夕

华灯初照
鲜花怒放
小院生辉
新年吉祥